1

Margarethe Alb

Warum Weihnachtssterne ihre Blätter verlieren

Zauberhafte Dresdner Weihnacht

Band 11

Vorwort

Diese Geschichte erscheint unter dem Label „Zauberhafte Dresdner Weihnacht".

Idee und Konzept dieser Reihe wurden 2021 von der Kinderbuchautorin Ines Wiesner entwickelt. Seitdem veröffentlichen verschiedene Autorinnen alljährlich weihnachtliche Geschichten aus der schönen Stadt Dresden in unterschiedlichen Genres unter diesem Label.

Herzlichen Dank, liebe Ines, dass ich dieses Jahr mit meiner dritten Geschichte dabei sein darf!

Inhalt

ZAUBERHAFTE DRESDNER WEIHNACHT

Worum geht's?

In der Gärtnerei Zahl nahe Dresden herrscht geschäftiges Treiben. Die Adventszeit stellt alljährlich einen der Höhepunkte im Jahr dar. Es wird geschmückt und gewerkelt und vor allem kümmern sich Richard Rübe-Zahls Mitarbeiter voller Leidenschaft um hunderte Töpfe mit Weihnachtssternen in allen denkbaren Farben. Als die Journalistin Emma Schnellfuß um einen Termin bittet, schreckt Richard auf. Denn die umtriebige Pressevertreterin fragt nicht nur nach den Weihnachtssternen, sondern sie möchte Informationen über Richards ganz besondere Mitarbeiter einholen. Und genau das darf ihr auf keinen Fall gelingen. Aber dann bricht der erste Sturm des Winters über Dresden und das Umland herein. Das Unwetter und die am nächsten Tag folgenden Ereignisse wirbeln nicht nur Richards Leben gehörig durcheinander. Umgefallene Bäume und die Entführung einiger von Richards besonderen Mitarbeitern haben das Potential, diese Adventszeit in einer Katastrophe münden zu lassen.

Aber in der Weihnachtszeit ist erst alles gut, wenn alles gut ist? Oder?

Ein turbulentes Weihnachtsmärchen um Liebe, Leidenschaft und die dringend nötige Achtung vor dem, was uns auf dieser Welt gegeben wurde.

Leise rieseln die Blätter

„Gärtnerei Zahl, Richard Rübe-Zahl am Apparat, wie kann ich Ihnen helfen?"

„Ja hallo Herr Rübe-Zahl, Emma Schnellfuß vom Sächsischen Tagesboten hier. Ich würde gern einen Termin mit Ihnen vereinbaren. Unsere Zeitung möchte zeitnah einen Artikel über Ihre Firma und insbesondere Ihre Mitarbeitenden herausbringen. Außerdem arbeite ich an einem Beitrag über die Haltbarkeit von getopften Weihnachtssternen. Da haben Sie doch ganz gewiss ein paar Tipps für unsere Leser auf Lager. Zum Beispiel, was diese tun können, damit die Pracht auch bis Weihnachten hält und nicht gleich wieder alle Blätter abfallen, sobald man mit dem Stern Zuhause angekommen ist."

Richard grinste breit, auch wenn die Schnellfuß das nicht sehen konnte.

Es war doch immer wieder dasselbe. Und er verstand das Problem der Journalistin nur zu gut.

Aber niemand bekam in diesem Leben alles, was er sich wünschte. Sie würde sich mit einem Teilerfolg ihrer Anfrage zufriedengeben müssen.

„Natürlich erzähle ich Ihnen gern etwas über unsere Erfahrungen mit Weihnachtssternen. Da gibt es einiges zu beachten, wenn man diese länger am Leben erhalten möchte. Allerdings werde ich keinerlei Statement zu

meinen Angestellten abgeben und es wird auch keine
Möglichkeit für Sie geben, diese persönlich zu
befragen." Er hörte, wie Emma Schnellfuß leise seufzte.
Dieser Ton sprach Bände.

Eine Reporterin gab nicht so ohne weiteres auf.

Damit war so sehr zu rechnen gewesen, dass Richard
enttäuscht wäre, wenn sie anders reagiert hätte.

Aber er würde natürlich hart bleiben.

Wo käme er denn da hin, wenn er mit Gott und der
Welt über seine Leute plaudern würde.

Also, Gott wusste ganz gewiss Bescheid, ebenso wie
die alten Götter. Aber das genügte auch.

Er würde deren Geschichten nicht öffentlich
herumtratschen und auch nicht zulassen, dass diese
bekannter wurden, als sie es sowieso schon waren. Es
war besser für alle Beteiligten, wenn seine
Mitarbeitenden unter dem Radar der Aufmerksamkeit
blieben. Sonst konnte er ihnen auch gleich eine
Zielscheibe auf die Stirnen nageln.

„Das ist Ihr letztes Wort?" Oh Mann. Die Stimme der
Frau klang nun um einiges härter. Sie säuselte nicht
mehr. Die übermäßige Höflichkeit der Bittstellerin war
ihr offenbar ausgegangen. Aber wie bereits erwähnt,
Richard hatte auch nichts anderes erwartet.

„Ja, das ist es. Möchten Sie nun einen Termin
bezüglich der Poinsettien machen, oder nicht?"
Natürlich wollte sie.

Und ebenso natürlich würde sie bei diesem Gespräch nachhaken, ob sie nicht doch ein klitzekleines Interview führen könnte.

Er verdrehte die Augen. Die Schnellfuß war eben viel zu leicht zu durchschauen.

Richard würde ihr den kleinen Finger bezüglich der Weihnachtssterne reichen, aber ansonsten schweigen.

Sie vereinbarten, dass Emma Schnellfuß am folgenden Tag in den Abendstunden vorbeikommen sollte.

Dann waren nämlich von den Leuten, hinter deren Stories sie eigentlich her war, keine mehr auf dem Gelände. Sollte sie doch herumschnüffeln, weit würde sie nicht kommen.

Schneeglöckchendilemma

„Chef, wohin soll ich die neuen Phalaenopsis stellen?“ Richard stützte, ob des verächtlichen Tones des jungen Gärtners, die Hände in die Seiten.

Er war sich nur zu gut bewusst, dass seine Angestellten von den üppig blühenden Orchideen nicht allzu viel hielten.

Eher gesagt, sie verachteten alle jene Pflanzen, deren Blüten keine sogenannten Bienenweiden waren.

Solche Blühpflanzen waren in ihren Augen nutzlos, da sie nichts zum angestammten Kreislauf des Lebens beitrugen. Jedenfalls nicht, wenn es Insekten inkludierte.

Wenn es nach seinen Mitarbeitenden ginge, dann würden sie sowieso nur mit schon seit Jahrtausenden einheimischen Pflanzen aus lokaler Herkunft handeln. Und natürlich auch nur diese züchten. Allein die Diskussionen, ob der Begriff der Neophythen, also der „Neuansiedler“ des Pflanzenreichs, nicht verkehrt definiert sei, nahmen ganze Abende ein.

Eigentlich zählten ja alle eingewanderten Pflanzen seit dem Jahre 1492 dazu, aber während einige Leutchen eher gnädig mit ganzen Pflanzengruppen umgingen, waren andere echt hart eingestellt.

Richard gehörte eher der laxeren Gruppe an. Lupinen zum Beispiel, liebte er.

Und Kartoffeln.

Denn die waren ja eigentlich auch zugereist.

Allerdings hatte er sich nicht umsonst auf jene Bereiche der Gärtnerei und Baumzucht spezialisiert, die sich mit den alten Kultur- und Zierpflanzen abgab.

Davon hatte Richard daher auch jede Menge im Programm. Aber nur von heimischen Kräutern, Stauden oder Sträuchern konnte heutzutage keine Gärtnerei mehr überleben.

Prachtvolle Exoten fürs Fensterbrett oder den Kübel im Garten waren und blieben äußerst wichtiger Bestandteil des Angebotes.

Auch die recht zickigen Weihnachtssterne, über die Frau Schnellfuß so gerne zu sprechen wünschte, waren Richards Angestellten spitze Dornen in den ärgerlich zusammengekniffenen Augen.

Immerhin entstammten diese einem völlig anderen Kulturkreis. Auch vertrugen sie das einheimische Klima nicht mal ansatzweise. Davon abgesehen waren die Pflanzen auch sonst wahrhaftige Mimosen.

Gedanklich entschuldigte Richard sich bei den echten Mimosen, die zwar bei Gefahr ihre Blätter einklappten, aber ansonsten äußerst robuste Zeitgenossen waren.

„Chef, wir haben ein Problem. Das Hotel „Taschenbergpalais" in Dresden möchte einhundertsechsunddreißig identische Adventsgestecke

mit Christrosen und Schneeglöckchen haben." Laura, die gute Fee des Büros, schüttelte den Kopf.

„Ey, die sind doch nicht mehr ganz normal. Christrosen und Schneeglöckchen. Wer mit einem gesunden Menschenverstand kombiniert das schon? Wie bitte schön sollen wir es hinbekommen, dass die Schneeglöckchen durch die ganze Weihnachtszeit hin blühen? Bis es so weit ist, treiben die doch nur noch Blätter."

Richard beugte sich seufzend über den Rechnerbildschirm, an dem sein zierliches, aber absolut fähiges, Mädchen für alles arbeitete. Die gute Laura war ein wahrer Tausendsassa und ein echtes Goldstück. Als Lebensgefährtin eines der etwas spezielleren Gärtner hier im Haus, konnte sie sowohl die „normalen" als auch die „besonderen" Angestellten sehr gut händeln. Nicht nur einmal hatte das Persönchen es sogar geschafft, aufkommende Prügeleien nur mit einigen leise gesprochenen Worten aufzulösen. Und die völlig verstrittenen Beteiligten gemeinsam an einen Tisch zu bekommen.

Wenn man wie Richard, auf heimatlose und in den Augen der Bevölkerung, sogenannte behinderte Mitarbeiter setzte, dann war ein gewisses Konfliktpotenzial immer gegeben.

Offiziell lief die Gärtnerei in Teilen daher als geschützte Werkstatt.

Was bedeutete, dass Richard Fördergelder vom Land für seine besonderen Angestellten erhielt. Diese Zuschüsse erlaubten es ihm, der auch von ihm bevorzugten Flora seiner Heimat einen größeren Platz auf den Beeten und in den Gewächshäusern einzuräumen. Es handelte es sich daher um eine klassische Win-win-situation.

Allerdings würde Richard jedem zumindest verbal ein blaues Auge verpassen, der versuchen würde, ihn des Betrugs zu bezichtigen. Denn bei genauerem Hinsehen hatte keiner seiner Mitarbeiter mit einem echten Handicap in Form von körperlichen oder geistigen Beeinträchtigungen zu kämpfen. Dessen waren sich allerdings auch die Mitarbeiter der Integrationsfachstelle, die seine Gärtner und Gehilfen betreute, bewusst.

Integration betraf eben doch mehr Punkte des Lebens, als es auf den ersten Blick ersichtlich war. Sich in die sogenannte normale Welt zu integrieren, fiel den meisten seiner Leute ziemlich schwer.

Die passten eben in keine der von den Menschen im Laufe der Jahrhunderte sorgfältig errichteten Normen.

„Was wird es nun mit den Gestecken? Die vom Taschenbergpalais warten auf eine Antwort."

Richard verdrehte die Augen. Den Herrschaften des Luxushotels konnte es nie schnell genug gehen.

„Ich schau mal in den Gewächshäusern, was wir Ihnen anstelle der Schneeglöckchen Schickes anbieten können. Gehe ich recht in der Annahme, dass die Bestellung in den Farben Weiß und Grün sein soll?" Laura nickte zustimmend.

„Genau das. Und mit jeweils einer weißen Kerze im Glas in Kombination. Das Ganze soll eben auch zugluftresistent sein. Du weißt doch wie es ist. Gerade die großen Gestecke in der Lobby müssen einiges abkönnen."

Weihnachtssternglitzerwolken

Vor sich hin grummelnd zog Richard die Tür zum größten seiner Gewächshäuser auf. In der Vorweihnachtszeit verwandelte sich das Glashaus alljährlich in ein wahrhaftiges Weihnachtswunderland. Dort, wo ab Januar wieder Tomaten und Paprikapflanzen gezogen werden würden, standen jetzt unzählige Töpfe mit Weihnachtssternen, Christrosen, Zuckerhutfichten und mehr auf den Hochbeeten. Frisch geschnittenes Reisig lag in großen Bündeln überall auf großen Tischen herum und unzählige Kisten mit Kerzen und Weihnachtskugeln standen bereit. Ganze fünf Floristen herrschten zu dieser Jahreszeit über das gläserne Haus.

„Vorsicht Chef!" Richard gelang es gerade so, einer dichten Wolke silbernem Glitzer auszuweichen, den eine korpulente ältere Frau gerade eben über einige cremefarben blühende Weihnachtssterne sprühte.

Die gute Agnes war das beste Beispiel dafür, dass man Menschen nicht nach ihrem Äußeren beurteilen sollte. Im Inneren der äußerlich biederen, etwas langweilig wirkenden Matrone steckte eine mehrfache Weltmeisterin im Binden von Sträußen und Fertigen von Gestecken.

„Liebes, wir haben ein Problem. Das Hotel Taschenbergpalais wünscht weihnachtliche Gestecke mit Christrosen und Schneeglöckchen." Agnes zog beide Augenbrauen nach oben.

„Schneeglöckchen. Und Christrose. Das passt ja so überhaupt nicht. Die armen Schneeglöckchen sind doch viel zu zart für plumpe Christrosen." Agnes schüttelte den Kopf, dass ihre grauen Locken nur so flogen. Dabei bekam Richard letztendlich doch noch Glitzer ab, der sich aus dem kinnlangen Bob löste.

„Ich lasse mir mal eine Alternative einfallen, mache Fotos und lasse Laura das Ganze dann dem Hotel mailen." Erleichtert nickte Richard. Auf Agnes und Laura war doch immer wieder Verlass. Dieser ganze Dekoquatsch war so gar nicht seins. Nicht umsonst beschäftigte er einen ganzen Stab Floristen. Seine Leidenschaft war die Baumschule, in der er bevorzugt alte Obstsorten zog. Es ging doch nichts über Äpfel, die noch nach Äpfeln schmeckten. Oder auch Pflaumen, in denen die Süße eines ganzen Sommers steckte. Derzeit tüftelte er an der Zucht einer ganz alten und superseltenen Sorte Kirschen, die gegen die derzeit so schrecklich wirkenden Moniliapilze recht gute Abwehrkräfte zeigten. Die verschiedenen Pilzarten der Monilia-Gruppe erzeugten die gefürchtete Spitzendürre bei Sauerkirschen und bei Süßkirschen braune Stellen auf den Früchten. Über die Zucht einer alten Art mit einer Resistenz gegen diese Pilze konnte er stundenlang nachgrübeln.

Ein lautes Schaben und Quietschen ließ ihn aufhorchen, kaum, dass er der Dekohölle entkommen war. Neugierig geworden, trat er um die Ecke und musste unwillkürlich schmunzeln. Zwei seiner Neuzugänge, ein älteres Pärchen, versuchten gerade einen grossen Kübel aus rötlichem Terrakotta über den Hof zu ziehen. Da die beiden allerdings, einer wie der andere, gerade mal eine Körpergröße von ungefähr einem Meter und zehn aufwiesen, war das ein Ding der Unmöglichkeit.

Sie bekamen den schweren Tontopf kaum vom Fleck. Immerhin war dieser mit einer ungefähr drei Meter hohen Fichte bepflanzt.

Und was für ein interessanter Baum das war. Der würde es nie als Weihnachtsbaum in irgendeine Wohnung schaffen. Aber trotzdem war es ein kleines Wunder der Natur, dass er kräftige, grüne Triebe besaß.

Das Bäumchen hatte einen unglaublichen Überlebenswillen.

Nadellos, und mit durch Säure zerstörte Wurzeln, hatte eine mitleidige Seele es vor einigen Monaten zu ihm gebracht. Eigentlich war es Teil einer ganzen Baumgruppe gewesen, aber seine Brüder und Schwestern hatten es nicht geschafft.

Nur dieser eine Baum hatte den nötigen Willen bewiesen und neue Wurzeln getrieben.

Die Fichten wuchsen ursprünglich als Wildanflüge am Rand eines kleinen Parks in Dresdens Norden. Vermutlich hatten die nicht besonders prachtvollen Fichten den Anwohner das am nächsten stehenden Hauses genervt.

Vielleicht waren ja Nadeln in seinen nach dieser fürchterlichen, modernen Art angelegten Schottergarten gefallen. Auf jeden Fall hatte er, was inzwischen nachgewiesen war, den Boden um die Bäume mit einer hochkonzentrierten Salzsäure gegossen, bis dort nicht mal mehr ein Grashalm wuchs. Richard wandte seine Aufmerksamkeit dem Paar zu.

„Ihr meint also, das Bäumchen wäre das richtige Symbol für Weihnachten?" Beide nickten im Gleichklang so heftig, dass sie beinahe das Gleichgewicht verloren und sich aneinanderklammern mussten.

Wo sie recht hatten, hatten sie recht. Wenn ein Wesen das Leben und das wiederkehrende Licht symbolisierte, dann wohl diese tapfere Fichte.

Sie mochte nicht der Inbegriff eines Weihnachtsbaumes sein, aber darauf legten Richard und seine Mitarbeiter sowieso nicht unbedingt den größten Wert.

Keiner von ihnen stellte sich einen Baum zum Sterben ins Zimmer. Allein diese Idee, so hübsch die Bäume meistens anzuschauen waren, bereitete ihnen beinahe körperliche Schmerzen.

Wenn es schon ein Weihnachtsbaum sein musste, dann doch besser ein eingetopftes Exemplar draußen vor der Tür oder auf der Terrasse.

Allerdings zwangen die Traditionen auch sie dazu, sich alljährlich mit dem Thema der Weihnachtsbäume zu befassen. Auch im Schauraum der Gärtnerei gab es die aufs Festlichste geschmückten Tannen zum Bestaunen. Darauf zu verzichten würde einem großen finanziellen Verlust gleichkommen.

„Chef, der Sturm, den sie für die nächste Nacht angekündigt haben, zieht direkt auf uns zu. Wir sollten sämtliche Kübel sichern. Soll ich den Leuten draußen im Forst auch eine Information geben?" Laura lehnte sich weit aus dem offenen Bürofenster.

Mist. Kochendheiß fiel es Richard wieder ein.

Er hatte ja höchstpersönlich ein Grüppchen seiner neuesten Helfer zu einem Waldstück gesandt, wo der Borkenkäfer besonders heftig in den Beständen der in Monokultur gezogenen Fichten gewütet hatte.

Obwohl er bezweifelte, dass dort irgendetwas zu retten war, hatten diese darauf bestanden, es zumindest zu versuchen. Der allerorts sterbende Wald machte seine besonderen Mitarbeiter einfach fertig.

Sie waren, ähnlich wie auch er, Wesen der Natur und konnten ohne diese nicht überleben.

Na ja, eigentlich war jedes Wesen auf diesem Erdball auf ein funktionierendes Ökosystem angewiesen, wenn auch allzu häufig die Augen vor diesem Fakt verschlossen wurden.

Was geschah, wenn man nicht sorgsam mit dem Ressourcen dieser Welt umging, war derzeit ja supergut zu beobachten. Die Temperaturen stiegen an, Stürme und Brände verwüsteten ganze Landstriche, und Regen gab es entweder zu viel oder gar nicht.

Richard blickte von Laura zu dem kleinwüchsig erscheinenden Mann neben ihr. Die Sorge um seine Freunde und den halben Erdball stand ihm ins Gesicht geschrieben.

„Sag ihnen, dass sie morgen weitersehen sollen. Ich möchte niemanden im Wald suchen müssen, wenn die Fichten dem Sturm nachgegeben haben. Und sag allen anderen bitte, dass sie heute im Wohnblock übernachten sollen. Ich möchte keinen von euch heute Nacht da Draußen wähnen. Es geht keinem so gut, dass er oder sie im Augenblick einem solchen Unwetter ausgesetzt werden sollte.“

Ausserdem wollte Richard sich erst einmal allein mit Frau Holle oder einem ihrer Offiziere unterhalten. Denn dieser Sturm schien, als wäre es der erste Ausflug der Wilden Jagd in diesem Jahr.

Das hoffte er zumindest.

Denn wenn es nicht an dem wäre, dann würden die Wälder wirklich leiden müssen. Und wenn es wahrhaftig die Jagd war, die mit dem Wind zog, konnte auch hier niemand vorhersagen, wie die Jäger reagierten. Der Wandel in dieser Welt machte auch den uralten Wesen und Gottheiten, die älter als die Zeit waren, zu schaffen. Richard war sich zwar sicher, dass die Wesen, die bei ihm untergekommen waren, unter dem Schutz der Jagd standen, aber er wollte diese trotzdem im Warmen und Trockenen wissen. Kaum einer war bei guter Gesundheit. Und davon abgesehen, fiel einer der angegriffenen Bäume um, während die Jäger hindurchbrausten, bestand die Gefahr, dass seine Leutchen gegen die Wilde Jagd meuterten. Und einen solchen Aufstand konnte hier keiner gebrauchen.

Sturmgejammer

Die ersten Böen, die an den Gewächshäusern und dem alten Baumbestand auf dem Grundstück zerrten, ließen schon einmal nichts Gutes ahnen. Egal ob es ein „simpler" Wintersturm oder der erste Durchzug der Jagd war.

Diese uralten Gestalten, auch als das Wilde Heer bekannt, waren allerdings zumindest halbwegs darauf bedacht, der Natur nicht mehr zu schaden, als es unbedingt notwendig war. Aus dem Gedächtnis der sogenannten Normmenschen waren die Jäger schon seit Ewigkeiten verschwunden. Nur einige der alten Bräuche, die auf ein Bewusstsein für das Heer hindeuteten, hatten sich erhalten.

Die dämlichsten davon, selbstredend.

Richard erinnerte sich nur zu gut daran, als er erst im Vorjahr eine Predigt von einer älteren Dame hatte einstecken müssen.

Eine, in der diese ihn ermahnte, schnellstmöglich die Wäsche abzunehmen, da sich in dieser, wenn er sie zwischen den Jahren aufhänge, das Unglück verfange und jemand im Hause sterben würde.

Aber egal.

Ihn brachte so schnell nichts um und er lebte seit langem allein in seinem gemütlichen Haus.

Da konnte er das Risiko ganz gut abschätzen und die Wäsche unter dem Dach des Carports vom Sturm ratzfatz trocknen lassen. Und das Wesen, dass ihm wertvoller als alle anderen war, verband eine lange Freundschaft mit einigen wichtigen Anführern der Jagd. Da würden die Laken im Sturm kein böses Omen sein. Eher ein freundliches Zuwinken.

Als irgendwo ein Fenster krachend zuschlug, erinnerte er sich grinsend an einige der anderen Mythen, die auf die Raunächte und die Wesen, die dann herumzogen, hinwiesen. Fenster und Türen spielten da ebenso eine Rolle wie ein Besen und das gute Handwerk. Oder eher gesagt, Handarbeiten.

Als das Fenster ein weiteres Mal knallte, war das dann nach der Überlieferung wohl ein echtes Zeichen, dass es im nächsten Jahr viel Blitz und Donnerwetter geben würde.

Obwohl es ja eigentlich noch viel zu früh im Jahr war. Nur, weil die Jagd einen Probeflug absolvierte, galten ja wohl die Regeln noch nicht.

Oder so. Man stelle sich vor, wenn die Regel, während der Raunächte nicht zu arbeiten ab sofort gälte.

Dann gäbe es in vielen Haushalten weder Weihnachtsbäume noch Geschenke. Die Häuser blieben dunkel und kalt und auch das Geld ginge bei vielen zur Neige. Dann war da noch die Sache mit dem Auskehren oder Putzen. Es war Mitte November.

Bis zur Thomasnacht, der ersten der Raunächte am 21. Dezember, waren noch gut drei Wochen Zeit. Wenn man ab sofort, nur weil es stürmisch wurde, nicht mehr auskehrte, dann gäbe es ein recht schmutziges Weihnachten. Und das Glück hatte sowieso noch niemand mit dem Besen aus dem Haus gekehrt. Eher Keime und Dreck, der wohl jeder Hausfrau keine besinnlichen Feiertage beschert hätte.

Dazu hatte es einmal einen sehr gut recherchierten Artikel im fantastischen Boten geben.

Die Autorin, eine bekannte Hexe, hatte den Aberglauben mit jedem Zweig ihres Besens widerlegt. Räuchern, ja, das sollte man während der kurzen Tage, aber das Kehren war wurscht, wie die Hexe es nannte. Mit einem guten Räucherwerk ließ sich die Stimmung aufhellen und so manche Krankheit im wortwörtlichen Keim ersticken. Aber der Schmutz vom Fußboden, der sollte bitteschön raus aus der Bude.

Der Wind lebte immer weiter auf. Das Licht schwand schneller, als es sogar an diesen tristen Novembertagen üblich war.

Als sein Handy eine eingängige Melodie aus der alten Puppentrickserie des DDR-Fernsehens spielte, ahnte er es bereits. Dieses Lied des ollen Rübezahls hatte er einzig einer Gruppe von Seinesgleichen zugeordnet.

Den angestammten Waldhütenden der weiten Umgebung. Sie beschützten die Wälder seit dem Anbeginn und würden es bis zum bitteren Ende tun.

Richard hob ab, meldete sich und lauschte.

Seine Hoffnung schmolz dahin. Von wegen die Wilde Jagd wäre unterwegs. Das wäre ja zu einfach gewesen.

Was hier nicht nur über Dresdens Süden raste, entpuppte sich als eine dieser zerstörerischen Sturmfronten, welche immer häufiger über die Lande zogen. Die Waldhüter befürchteten das Schlimmste, weshalb eine kurze Telefonkonferenz ins Leben gerufen wurde. Jeder von ihnen hatte im vergangenen Jahr heimatlos gewordene Wesen der Wälder aufgenommen und ebenso kämpfte jeder mit einem massiven Befall durch Borkenkäfer an den Nadelhölzern. Alles, was sie im Augenblick tun konnten war, so viele der Waldbewohner in geschütztere Bereiche zu rufen.

Rübezahls Sturmgesang

Der Wind klapperte an den Ziegeln der Häuser und brachte gestandene Bäume zu Fall. Eisregen und Hagel prasselten zu Boden und zerschlugen die letzten Blüten des Jahres.

Richard, der das Wetter eigentlich sogar genoss, harrte nun bereits eine Stunde auf einem offenen Hochstand aus, den die Jägerschaft erst letzten Sommer auf einer Wiese errichtet hatte. Dies war ein perfekter Ort, um das Wetter zu erkunden, den Wind zu riechen. Schon dreimal hatte er in das große Horn gestoßen, dass seit jeher die Bewohner von Wald und Wiesen in ihre Unterschlupfe rief. Genauso wurden die Wesen in der weiten Umgebung gewarnt. Und so wie er es tat, hofften alle Waldhütenden, dass die Verluste gering bleiben würden.

In der Ferne grollte der Donner eines weiteren vorbeiziehenden Gewitters und die Wolken wurden vom Wetterleuchten der hohen Blitze erhellt.

Der Sturm brüllte ihn mit wütender Stimme an, als Richard zwei feste Hände spürte, die sich um seine Hüften legten. Gleich darauf fand er sich in einer festen Umarmung wieder. Richard lehnte den Kopf gegen eine steinharte Schulter.

„Hallo Herzilein." Hajo Hufzeh drückte auf diese Begrüßung hin mit seinen muskulösen Armen fest zu.

„Nenn mich nicht so. Alles, aber nicht das."

Seit dem unglaublichen Liederfolg zweier Künstler mit diesem H-Wort, reagierte Hajo etwas sensibel auf den Kosenamen. Vor allem, da sich der Titel auf ihn bezog. Tja, wie sagte Richard immer so schön, Familie konnte man sich nicht aussuchen. Davon abgesehen, dass auch er die Großneffen Hajos seinerzeit am liebsten eigenhändig erwürgt hätte, machte es ihm Spaß, seinen Partner hin und wieder damit aufzuziehen. Allerdings hatte sogar Hajo damals zugegeben, dass er den beiden den Erfolg von Herzen gönnte. Aber wie gesagt, dass dieser auf seine Kosten ging, wurmte ihn bis heute.

„Das gibt ein heftiges Ding. Hast du mal auf das Wetterradar gesehen?" Der hochgewachsene Hajo legte das Kinn auf Richards Kopf ab.

„Zuletzt nicht mehr. Ich wollte den Sturm kennenlernen, daher habe ich da gar nicht dran gedacht."

„Fakt ist, dass Holle da die Finger nicht im Spiel hat. Du weißt doch, dass unser Serpan etwas mit Luise Windsbraut hat. Und die hat ihm gestern erst erzählt, dass die Wilde Jagd nicht vor Samstag loszuziehen gedenkt. Und heute ist Mittwoch. Baso von Hohenfels hat sogar offiziell im Büro der Jagd angefragt.

Es stimmt. Holles Offiziere warten noch auf einige ihrer Jäger, die immer noch an der Aufklärung des Medicanes im September letzten Jahres beteiligt sind. Erinnerst du dich? Der das Mittelmeer ins Chaos gestürzt hat? Angeblich sind Notos und Zephyros, die ollen griechischen Windgötter, durchgedreht, weil Zeus ihnen irgendeine Höhle abspenstig gemacht hat."

Ah ja. Richard erinnerte sich nur zu gut an den verheerenden Sturm, der Teile Italiens und Griechenlands tagelang in Atem gehalten hatte.

„Also handelt es sich um eine ganz profane Sturmfront. Da hatte Viktor recht. Verflixt nochmal." Er hatte wider besseres Wissen immer noch gehofft. Diese Wetterlagen waren schwerer zu berechnen als die von den alten Göttern geschaffenen. Hajo ließ sich auf die Plattform sinken und lehnte sich an die hüfthohe Umrandung aus rohem, unbehandeltem Holz.

„Du sagst es. Die Museumsleitungen haben gerade eine Notfallsitzung mit Baso. Die Baustelle im Zwingerhof gibt ihnen zu denken und es wurde erst kürzlich ein Problem im Dachstuhl des Stadtschlosses entdeckt." Richard runzelte die Stirn.

„Habe ich die Tage nicht eine Einladung zur Eröffnung des Hofes in der Post gehabt?"

„Jep, hast du. Aber du kennst doch die Probleme, kurz vor der Fertigstellung einer solchen Großbaustelle. Irgendwas ist immer. Aber das sollte nicht deine Sorge

sein." Richard setzte sich neben Hajo und lehnte sich gegen ihn. Als er vor Jahren für eine Veranstaltung im Porzellanpavillon den Blumenschmuck gefertigt und geliefert hatte, war Hajo der Sicherheitsmann vom Dienst gewesen.

Der Gargoyle verbrachte seine Tage, wie viele der Securitymitarbeiter der Dresdner Museen, auf einem der Dächer und behielt alles und jeden im Auge. Nach dem Einbruch der Dämmerung übernahmen die Steingeborenen dann den Dienst von den menschlichen Angestellten. Daher war es allerdings auch nicht möglich, dass sie zusammenlebten. Mehr als Besuche und hin und wieder eine gemeinsame Reise, bevorzugt im Winter in Gebiete, in denen die Polarnacht vorherrschte, waren nicht drin. Aber das störte keinen von ihnen. Sie genossen, was ihnen lieb war und vor allem die gemeinsame Zeit. Trotz aller Unkenrufe, die eine Beziehung zwischen einem Wesen aus Stein und einem Naturgeist als widernatürlich und unmöglich tituliert hatten, liebten sie sich seit beinahe einem halben Jahrhundert. Richard als Waldschrat, denn nichts anderes war er, sollte sich nach der landläufigen Meinung, nur mit seinesgleichen oder eventuell sogar einem Normmenschen zusammentun. Aber doch nicht mit einem übernatürlichen Wesen einer völlig anderen Konsistenz. Aber wie es mit Vorurteilen war, sie spornten sie einfach nur an.

Und außerdem liebte einer der Steingeborenen des Zwingers ein Luftwesen. Das war ja wohl noch heftiger, als ein Schrat, der einen Gargoyle zum Partner hatte.

Egal. Richard lauschte dem Wind, der immer heftiger blies. Längst wehte nicht mehr nur Laub über die Wiese und verfing sich im Hochsitz. Äste, Plastikabfälle und zerrissene gelbe Säcke der in der Ferne, gerade noch sichtbaren, Reihenhäuser kamen ebenso angeflogen wie ein zerbrochener Regenschirm. Als der Hochsitz knirschend zu schwanken begann, kletterte Richard auf den Rücken Hajos, der blitzschnell im letzten Augenblick zu Boden sprang. Hinter ihnen brach das Gebilde krachend zusammen. Einzelne Bretter wurden vom Wind über der halben Wiese verteilt.

Im selben Augenblick klingelte ein Handy eindringlich und viel zu laut. Der Ton war das Schrillen eines alten Wählscheibentelefons und passte perfekt zu Hajo.

„Mist. Das ist bestimmt ein Alarm. Du weißt ja, das Dach vom Stadtschloss." Er setzte Richard ab, der hinter seinem Gefährten Schutz suchte und nahm das Gespräch an.

„Ja bitte. Leute. Ich bin unterwegs. Ich komme gleich aufs Dach. Was? Wie bitte? In den Innenhof? Was? Okay. Bin gleich da." Richard schaute um Hajos Rücken herum.

„Ich hasse es, wenn ich recht behalte. Im Hof ist einer der Radlader umgefallen, als die Spitze vom Kronentor abgestürzt ist. So ein verfluchter Mist."

Richard riss die Augen auf und musterte den Gargoyle.

„Das ist jetzt nicht dein Ernst. Wie kann das passieren? So etwas hat es doch noch nie gegeben?" Hajo, der gerade das Telefon in seine Hosentasche schob, zuckte mit den Schultern und zog dann die Kapuze seines schwarzen Hoodies über den Kopf. Dabei ging es weniger um den Schutz vor dem Wetter, als darum, nicht so leicht gesehen zu werden. Immerhin würde er sich gleich über Dächer und Baumwipfel schwingen, bis er seinen Arbeitsplatz erreicht hatte. Richard hingegen trollte sich in den Wald. Dort wäre er sicher. Nicht, dass ein Sturm einen Waldschrat bezwingen könnte, aber es war doch auch für einen wie ihn angenehmer, sich in den Schutz der Bäume zu begeben. Außerdem musste er nach seinen Leuten schauen. Ob ja alle gehorcht hatten und damit in Sicherheit waren.

(Weihnachts)baumtrauer

Als am Morgen eine blasse Sonne am Himmel erschien, wurde das Ausmaß der Zerstörung erst in seiner Gänze sichtbar.

Auch die Gärtnerei war nicht ohne Schäden davongekommen. Eine ungefähr zehn Meter hohe Blaufichte war auf eines der Gewächshäuser gestürzt. Zum Glück stand dieses relativ kleine Glashaus zu dieser Jahreszeit leer. Vielleicht würde Richard es auch einfach abreißen und nicht noch einmal reparieren.

Er überlegte schon länger, es durch ein moderneres Zuchthaus zu ersetzen. Auch ansonsten war alles, was nicht und nagelfest war, großflächig über das Grundstück verteilt worden.

Wobei er sich eigentlich nicht beschweren konnte.

In den Nachrichten sprach man von Bäumen, die auf Autos gestürzt waren, abgedeckten Dächern und sogar einem ganzen Wald, dessen Bäume der Wind wie Streichhölzer geknickt hatte.

Borkmann und dessen Gemahlin Mooslinde traten zu Richard, als dieser der Blaufichte ein letztes Lebewohl zuflüsterte. Deren Zweige würden nun zu Gestecken für die Weihnachtszeit verarbeitet werden und damit zumindest noch kurzzeitig Freude in der dunklen Zeit verbreiten.

Das Paar, welches am Vortag im Wald sein Bestes gegeben hatte, wrang die Hände.

Das Waldgebiet, dass sie gemeinsam mit anderen in den letzten Tagen zu heilen versucht hatten, war völlig hinüber. Der Sturm hatte die vom Borkenkäfer geschwächten Bäume einfach abgeknickt oder in einigen Fällen sogar mitsamt dem Wurzelwerk aus dem Boden gerissen.

Das hatte ihnen gerade noch gefehlt. Als wenn sie keine andere Arbeit hätten. Richard seufzte innerlich und verabschiedete sich von gemütlichen Abenden am Kamin.

Es galt, von diesem und einigen anderen Waldgebieten die dort noch ansässigen Lebensform zumindest für den Winter umzusiedeln. Im Erzgebirge und Teilen der Sächsischen Schweiz waren noch ausreichend Waldhüter beheimatet, um für solche Notsituationen gerüstet zu sein.

Nachdem sich die Waldwesen nach dem großen Vertreiben von 1945 im deutschen, tschechischen und polnischen Grenzgebiet zusammengetan hatten, funktionierte das alles ganz gut. Zumindest bis zum vergangenen Frühjahr.

Denn exakt zu dieser Zeit war eine deutsche Geschäftsfrau auf die Idee gekommen, biologisch-dynamische Düngemittel zu produzieren.

Zwar hatte man ihr inzwischen das Handwerk gelegt, aber die Wälder und ihre Bewohner hatten nach wie vor mit den Auswirkungen dieser Schwachsinnsidee zu kämpfen.

Auch Richard tat sein Bestes, die Voraussetzung zu schaffen, damit die Wälder wieder gesund werden konnten. Deren Ökosysteme waren so sensibel, dass auch nur der Verlust einer Lebensform zum Erkranken eines gesamten Gebiets führen konnte. Und das unabhängig von Klimaerwärmung und Wetterunbilden.

Dem kleinen Waldstück, in dem sein eigenes Häuschen stand, hatte der Sturm kaum etwas anhaben können. Aber dieses war auch besonders. Der sogenannte Bärenwald, der so hieß, weil man vor Urzeiten einmal einen Bären dort gefangen hatte, wurde seit vielen Jahren nicht mehr bewirtschaftet. Hier durfte alles entstehen, wachsen und vergehen, wie es wollte. Es gab keine Zäune, welche die Tiere daran hinderten, Bereiche des Wäldchens aufzusuchen und keine Forstleute, die den Waldboden aufräumten. Einzig die Wege zu den drei im Waldstück befindlichen Häusern, wurden nach menschlichen Maßstäben in Ordnung gehalten. Während Richard das alte Forsthaus bewohnte, lebte in einem ansehnlichen Gründerzeithaus am Waldrand eine angesehene Hexe.

Komplettiert wurde das Ensemble durch einen Dreiseithof, der seit dem späten 17. Jahrhundert von einem Rudel Wolfswandler bewirtschaftet wurde.

Sie alle legten von Natur aus Wert auf Abgeschiedenheit und unberührte Natur.

Wobei die Hexe ein hochmodernes Labor betrieb, indem sie an allen möglichen Kräuterelixiren forschte. Jedenfalls war der natürlich gewachsene Wald weniger anfällig für die derzeitigen Wetterkapriolen.

Trotzdem war das Gelände zu klein, um all jene, die durch die Untaten der Liane von Donnerskai mit ihrer Düngemittelproduktion heimatlos geworden waren, unterzubringen.

Richard hatte daher einen ganzen Wohnblock von der lokalen Wohnungsbaugenossenschaft gekauft, auch wenn die Wohnungen nicht den eigentlichen Bedürfnissen der Untergebrachten entsprachen. So erkauften die Wesen sich allerdings Zeit, bis passende Behausungen gefunden werden konnten.

Die Wohnungen seiner Schützlinge im Block waren nicht zu verkennen. Nirgendwo grünten und blühten Balkone oder sogar die Dachfläche so sehr, wie in dem Gebäude, dass Richards Mitarbeiter beherbergte.

Richards Hass auf die von Donnerskai blühte bei dem Gedanken an seine Schutzbefohlenen wieder einmal auf. Das Weibsstück hatte zu viele von ihnen gefangen genommen, gefoltert und heimatlos zurückgelassen.

Weihnachtssterngeflüster

Laura ging ihm gehörig auf die Nerven, da sie ihn bereits den ganzen Tag immer wieder aufspürte und das Telefon reichte.

Oder erbarmungslos gleich ins Büro zitierte. Als ob er nichts Wichtigeres zu tun hätte. Es galten Scheiben ersetzt und Wege geräumt zu werden.

Zwischendurch hielt er Rat mit seinen Waldspezialisten, also fast dem gesamten Team und koordinierte einen Umzug einer größeren Gruppe Wesen in ein Waldgebiet nahe der tschechischen Grenze.

Dieses Mal durchbohrte sie ihn mit ihren blaugrauen Blicken förmlich.

„Himmelherrgottnocheinmal. Diese Reporterin vom Sächsischen Tagesboten wartet schon eine geschlagene halbe Stunde bei mir. Würdest du endlich so freundlich sein, mich zu erlösen?"

Verflixt. Die Schnellfuß hatte er voll vergessen. Am liebsten würde er den Termin absagen, aber nun war die Dame schon mal da.

Richard atmete tief durch, um sich selber zur Raison zu rufen und schob die Tür zu Lauras Heiligstem auf.

Sobald er hereinstürmte, sprang eine dralle Mitfünfzigerin von Lauras unbequemen Besucherstuhl auf und schob ihm förmlich die Hand ins Gesicht.

„Ich bin Emma Schnellfuß vom Tagesboten. Wir waren verabredet."

Ui. Die war wirklich von der schnellen Sorte.

Hier war ja wahrhaftig der Nomen das Omen.

Richard ergriff die Hand mit den dunkelgrün lackierten Nägeln, bevor sie ihm diese noch ins Gesicht rammen würde.

„Richard Rübe-Zahl. Sehr erfreut." Er musterte sein Gegenüber kurz und bedeutete Laura, dass er seinen Gast mit in eines der Gewächshäuser nehmen würde. Die Ladies von der Floristenabteilung waren vor einer halben Stunde gegangen, so dass sie den Dekorationstempel für sich allein hätten. Dort wäre auch genug zu sehen und zu fotografieren für die Dame.

Weihnachtssterngeraschel

„Oh. Ich bin im Weihnachtswunderland.“

Bingo. Emma Schnellfuß eilte an den Tischen entlang und knipste, was das Zeug hielt. Wenn es so weiterging, dann brauchte er gar keine weitere Ablenkung mehr, um die gute Frau seine Mitarbeiter vergessen zu lassen.

„Sie verkaufen solche Mengen an Dekorationen? Wirklich?“

„Ich hoffe es doch. Immerhin beliefern wir auch einige der größeren Hotels und Restaurants. Außerdem ist die Gärtnerei mit Ständen auf dem Striezelmarkt und einigen kleineren Weihnachtsmärkten bis ins Elbsandsteingebirge vertreten. Sogar in Seiffen haben wir dieses Jahr einen Stand.“

„Das erklärt es natürlich. Und diese Weihnachtssterne. Ein wahres Meer haben Sie da. Traumhaft. Die sehen alle so gesund aus! Nirgendwo liegt ein Blättchen daneben. Geben Sie es zu, Sie haben die abgefallenen Blätter extra gerade eben weggeräumt. Darum waren Sie zu spät für unseren Termin.“ Richard grinste.

„Tut mir leid, aber der Sturm letzte Nacht hat einige Schäden hinterlassen. Ich muss Sie enttäuschen, um die Poinsettien abzusuchen, hatte ich noch keine Zeit.“ Emma winkte ab.

„Dafür haben Sie gewiss ihre Leute. Aber gut. Gehen wir mal davon aus, dass die Sterne wirklich so gesund

sind, wie es den Anschein hat. Warum zum Kuckuck rieseln die Blätter, sobald man die Pflanzen nach Hause gebracht hat? Ich habe es noch nie geschafft, einen Weihnachtsstern über die gesamte Adventszeit bis zum Fest so prächtig zu erhalten." Richard verdrehte die Augen. Die konnte einen ja förmlich tot quatschen. Er wartete, bis sie kurz Luft holte.

„Das ist recht einfach zu erklären. Die Poinsettie stammt aus wärmeren Gefilden. Sie kennt weder Frost noch kalten Wind." Er strich vorsichtig über die tiefroten Scheinblütenblätter einer besonders dicht gewachsenen Pflanze.

„Waren Sie schon einmal auf Teneriffa? Oder in Mexico? Dort fühlt die Pflanze sich wohl und wächst zu drei Meter hohen Stauden heran." Die Reporterin nickte.

„Das ist mir alles bekannt. Aber wie kommt es dann, dass die Sterne bei uns traditionell zu Weihnachten gekauft und aufgestellt werden?" Oh je. Das konnte jetzt länger dauern. Richard bekam es gerade noch hin, dieses Mal die Augen nicht zu verdrehen. Auch, wenn der Drang danach ziemlich heftig war. Er musste echt aufpassen, nicht, dass seine Augäpfel wild zu kreiseln beginnen würden, wenn es weiterging.

„Naja. Eigentlich liegt es in der Natur der Pflanze, zur Blütezeit ihre Blätter abzuwerfen. Die ursprünglichen, wilden Arten bilden erst ihre Blüten aus, wenn die meisten der grünen Blätter über die trockene Jahreszeit hinweg abgefallen sind. Dann erst färben sich die Kronblätter rot und die winzigen Blüten erscheinen. Da Poinsettien aus Regionen um den Äquator stammen, blühen sie dort manchmal auch ganzjährig, da sie zusätzlich, um aufzublühen, weniger als zwölf Stunden Licht brauchen. Und das ist ja dort meistens gegeben."

„Jaja, wie gesagt, dass ist ausreichend bekannt. Mir zumindest. Aber was tun Sie nun genau, um die Sterne so prächtig zum Blühen zu bringen? Und vor allem, die Blätter da dran zu halten? Immerhin sind die hier alle herrlich buschig und ich sehe nichts davon, dass sie die grünen Blätter abwerfen."

„Zuerst sorgen wir ab Oktober dafür, dass die Tage für die Pflanzen verkürzt erscheinen, indem wir das Gewächshaus abdunkeln. Schauen Sie, deshalb gibt es hier Verdunkelungen an den Fenstern." Richard deutete auf die Jalousien, die schon Stunden vor dem Einbruch der Dämmerung heruntergelassen worden waren.

„Dadurch wird den Sternen vorgegaukelt, dass die Nacht viel länger ist und sie beginnen damit, die Anlagen für ihre Blüten auszubilden. Die Kronblätter beginnen sich zeitgleich ebenfalls zu färben." Emma Schnellfuß stöhnte leise, aber entschlossen.

„Was meine Frage nur in Teilen beantwortet." Jetzt verdrehte Richard wirklich schon wieder die Augen.

„Wir beginnen mit der verlängerten Dunkelphase dementsprechend zeitig, dass die ersten Weihnachtssterne pünktlich zum Advent die obersten Blätter eingefärbt haben, aber noch nicht blühen. Ebenso verfahren wir im Abstand von mehreren Tagen mit immer mehr der Pflanzen, sodass es immer gerade nicht erblühte Poinsettien gibt."

„Aha. Sie tricksen also." Richard zuckte mit den Schultern.

„Wenn Sie es so nennen möchten, dann ja. Aber auf diese Weise sorgen wir auch dafür, dass man die Pflanzen unbeschadet nach Hause bringen und ihre Pracht eine Weile genießen kann."

„Aber auch da gibt es doch gewiss den ein oder anderen Kniff, damit der Stern länger hält?"

„Natürlich. Weihnachtssterne sind Kinder der Wärme. Man sollte diese soweit es möglich ist, vor Zugluft und Kälte schützen."

„Also immer schön einpacken auf dem Nachhauseweg?"

„Das sowieso. Ich empfehle bei kleineren Sternen, eine Isolierbox beim Transport zu benutzen. Manche Leute haben ja sowieso schon eine für Tiefkühleinkäufe im Auto stehen. So eine Styroporbox leistet da eben auch gute Dienste im umgekehrten Fall. Ansonsten hilft es, die Sterne immer schön dick in Papier einzuschlagen."

Emma Schnellfuß schrieb, nach Richards Beobachtungen, erstaunlich schnell mit. An ihrem Mienenspiel konnte er aber ablesen, dass sie in Gedanken ganz woanders war.

Er wappnete sich bereits dafür, ihr gleich eine Breitseite verpassen zu müssen. Was ihm schwerer fiel, als geplant, da Emma einen äußerst sympathischen Eindruck machte. Aber der Schutz der Wesen, die unter seiner Verantwortung standen, zählte mehr als die Pressefreiheit.

Allerdings überraschte sie ihn.

„Eine Frage zu den Weihnachtssternen hätte ich noch. Allzu häufig sieht man mit Glitzer bestäubte Pflanzen im Handel oder welche in den absonderlichsten Farben. Ist so etwas mit einem umweltverträglichen Handeln in Einklang zu bringen? Immerhin bieten Sie diese auf dem Striezelmarkt auch an.“

Während Richard erst einmal tief durchatmete, raschelte es zwischen den über einem Meter hohen Stämmchen. Zwischen den Poinsettien tauchte ausgerechnet Heiner Goldmoos auf.

Der exakt einen Meter und fünfzehn Zentimeter große Moosmann, wie die europäischen Zwergschrate auch genannt wurden, reckte sich, mit purer Empörung im Antlitz, in seiner ganzen Länge.

„Unsere Pflanzen sind immer nach den schärfsten Regeln gezogen, Frau Schnellfuß. Da gibt es gar keinen

Zweifel. Und der Glitzer ist immer mineralischer Natur. Wir würden niemals Kunststoff verwenden, der sein Ende dann als ekelhaftes Mikroplastik im Meer findet. Jawohl." Richard verkniff sich gerade so noch ein Grinsen. Da fühlte sich jemand aber gewaltig auf den nicht vorhandenen Schlips getreten.

„Heiner! Wie schön, dich gesund und munter zusehen!" Emma Schnellfuß sprang auf den Moosmann zu und zog diesen in eine feste Umarmung.

„Du machst mich gerade überglücklich. Ich war so in Sorge, nachdem Eva und du verschwunden wart."

Heiner löste sich strampelnd aus Emmas Griff. Sein imposanter Schnauzer zitterte, als er Luft holte.

Richard legte ihm beruhigend eine Hand auf die Schulter.

„Heiners Gefährtin starb vor einigen Monaten."

Totgeweint

„Eva hat es nicht überlebt." Die Spitzen von Heiners Schnauzer zeigten nun traurig zitternd nach unten. Wie so viele seiner besonderen Angestellten, trauerte auch er um seine Liebste.

Eher gesagt, um seine Partnerin, mit der er seit über zwanzig Jahren vermählt gewesen war. Eva Goldmoos war eine der vielen Moosleute, die den Gräueltaten der Liane von Donnerskai zum Opfer gefallen waren. Die gierige Geschäftsfrau hatte sie für ihre Zwecke teilweise bis zu deren Tod missbraucht.

Im Namen der biologisch-dynamischen Herstellung eines potenten Düngemittels, hatte die skrupellose Geschäftsfrau in ganz Europa Moosleute und andere Schratartige gekidnappt, um diese für ihre perfiden Zwecke gefangen zu halten.

Die eigentlich immer so gut gelaunten Schrate wurden über Monate gezwungen, der Zerstörung ihrer angestammten Lebensräume zuzuschauen. In winzige Käfige gepfercht, mussten sie Tag für Tag erneut beobachten, wie Bäume gefällt, Wiesenblumen geköpft und ganze Schonungen dem Tod preisgegeben wurden. Den sensiblen Wesen waren die Tränen aus den Augen gelaufen.

Und genau diese glänzenden Tropfen waren für die von Donnerskai eine Goldgrube gewesen.

Schratttränen waren der wohl potenteste Wachstumsstilmulator, den die Natur jemals geschaffen hatte.

Ein gesundes Ökosystem benötigte das Unglück der Schratgeborenen nicht, aber wenn Unwetter oder andere Klimakatastrophen die Landschaften in Mitleidenschaft gezogen hatten, dann waren die Schrate seit jeher zur Stelle gewesen. Und offenbar wusste Emma Schnellfuß ganz genau darüber Bescheid. Also, nicht über die Untaten der von Donnerskai, aber das Wesen der Goldmooses schien ihr sehr wohl bekannt zu sein. An der Reporterin war augenscheinlich mehr, als es auf den ersten Blick zu vermuten gewesen war.

Goldmoosglitzerfreude

„Gott sei Dank. Ich hatte so sehr gehofft hier etwas über euren Verbleib zu erfahren und welch ein Glück, wenigstens dich gesund und munter gefunden zu haben." Emma Schnellfuß löste sich von Heiner und reichte Richard die Hand.

„Ich bin so dankbar, dass Sie sich ihrer annehmen. Es ist so beruhigend, dass es noch Seelen gibt, die derart selbstlos Gutes tun." Richard verstand gar nichts mehr. Die vermeintliche Normweltreporterin war zwar wirklich auf der Suche nach Informationen über seine Angestellten, aber der Grund dafür war offensichtlich nicht der, den ihr unterstellt hatte.

Die Frau hatte ein ehrliches Interesse an seinen Schützlingen. Sie war offenbar wirklich nicht nur an reißerischen Nachrichten auf dem Niveau gewisser Boulevardblätter interessiert.

„Ich glaube, ich sollte mich Ihnen noch einmal von neuem vorstellen." Emmer streckte Richard noch einmal die Hand entgegen.

„Ich bin Emma Schnellfuß und arbeite für den Sächsischen Tagesboten und auch für den fantastischen Boten. Gleichzeitig bin ich die, zwar menschliche, offizielle Pressefrau für den Verband der mitteldeutschen Luftgeister beim Amt für fantastische Lebensformen." Oha. Das änderte natürlich alles.

47

„Warum haben Sie das nicht gleich gesagt? Dann hätten wir uns die Scharade hier sparen können." Emma zuckte mit den Schultern.

„Sie wissen doch, dass man heutzutage nicht mehr genau erkennen kann, wer vertrauenswürdig ist. Das haben meine Familie und die Goldmoosens auf schmerzhafte Weise erfahren müssen, wie Ihnen bekannt sein dürfte. Heiner und Eva Goldmoos waren die letzten Jahre die Schutzschrate im Waldgarten meines Elternhauses. Nach dem Überfall dieser unsäglichen mongolischen Zwergrolle waren meine Eltern tieftraurig. Es fühlte sich einfach an, als wären Familienmitglieder entführt worden und keiner konnte etwas tun." Emma rieb sich mit beiden Händen über das Gesicht.

„Da ich auch für den fantastischen Boten schreibe, habe ich alle Verbindungen spielen lassen, um die beiden zu finden. Zwar tauchten die Goldmoosens nicht wieder auf, was ich da allerdings zu sehen bekommen habe, Halleluja. Aber wem erzähle ich das." Vor Richards innerem Auge tauchten ebenfalls die Bilder wieder auf, als er zum ersten Mal eines der gerade erst befreiten Camps betreten hatte.

Knapp dreißig Zwergschrate saßen oder lagen völlig entkräftet vor verschmutzten Vogelkäfigen, in denen die Angestellten der von Donnerskai sie gefangen gehalten hatten.

Leitungen führten von jedem Käfig zu einer Sammelstelle, in der die Tränen der verzweifelten Wesen gesammelt wurden, um dann in einer der Hauptsammelstellen weiterverarbeitet zu werden. Er selber hatte, beim Anblick all des Elends, ebenfalls zu weinen begonnen. Da Schrattränen noch um einiges potenter als die der Moosleute waren, hatten die Tröpfchen die Natur auf dem Gelände beinahe schlagartig heilen lassen. Die Moosleute aus diesem speziellen Lager waren die ersten seiner besonderen Helfer gewesen, die er aufgenommen hatte.

Sein Blick glitt über Emma, die herumzappelte. Die so unerwartet gut informierte Reporterin hatte eindeutig noch etwas auf dem Herzen. Und zwar etwas ganz anderes, als einen Artikel über die Moosleute.

Alpakadeckenweihnacht

„Heiner, dass du hier bist, das erleichtert einiges. Erstmal muss ich dir nochmal sagen, wie glücklich es mich macht, dich halbwegs gesund und munter zu sehen. Und ich richte dir von ganzem Herzen mein Beileid zu Evas Verlust aus." Emma ging auf die Knie und umarmte Heiner fest, der diese Geste zurückgab.

„Wie gesagt, ich bin aus verschiedenen Gründen froh, dass du hier vor mir stehst, denn ich hätte sonst nicht gewusst, wie ich anfangen soll. Herr Rübe-Zahl." Emma nickte Richard zu und holte tief Luft.

„Ich erwähnte bei unserem Telefonat ja, das es mir ein Anliegen wäre, über Ihre neuen Mitarbeiter zu sprechen." Richard hob abwehrend die Hand.

„Warten sie doch. Meine Anfrage war teilweise eine Lüge, das tut mir aufrichtig leid. Ich würde niemals in die Privatsphäre dieser zauberhaften Waldwesen eindringen, aber über diese sprechen möchte ich trotzdem. Denn ich habe ein Problem."

Emma richtete sich auf und suchte Richards Blick.

„Ich habe vor einigen Wochen eine Studienreise nach Peru und Chile unternommen. Dort habe ich auch den Kontakt zu einigen sehr guten Kunsthandwerkern aufgebaut. Dazu muss ich sagen, das ist sich um eine rein normweltliche Reise behandelt hat. Jedenfalls ist es so, dass ich mir eine Decke aus Alpakawolle

mitgebracht habe und meine Nichte sich in das Teil verliebt hat. Somit habe ich ihr die Decke geschenkt und mir bei der Kooperative, bei der ich die meine gekauft hatte, einfach eine neue bestellt. Die Decke ist nun letzte Woche bei mir angekommen. Was ja eigentlich ein Grund zur Freude wäre. Das Wetter ist ja eindeutig deckenfreundlich. Dummerweise gibt es im Zusammenhang damit nun ein größeres Problem." Emma hob entschuldigend die Hände, als Richard sie fragend anschaute.

„Denn eingewickelt in meine neue Decke fand ich ein kleines Wesen, dass unseren Zwergschraten hier sehr ähnlich erscheint." Heiner keuchte ebenso wie Richard auf, aber Emma bedeutete ihnen, erst mal zuzuhören.

„Das Problem ist, dass sie keine Sprache spricht, die ich auch nur im Ansatz kenne. Außer einzelnen Worten auf Spanisch kommen wir einfach nicht zusammen. Sie scheint die Sprache nur ebenso bruchstückhaft zu verstehen, wie ich sie spreche. Die Kleine weint und schluchzt nun schon seit Tagen. Ich habe wirklich alles versucht aber sie kommt einfach nicht zur Ruhe. Alles was ich herausgefunden habe ist, dass sie auf der Durchreise war und auf einem Stapel Decken wohl einschlief. Offenbar ist sie von dort aus Versehen mit in dem Versandkarton gelandet und nach Europa verschifft worden."

„Du hast also einen illegalen Einwanderer aufgenommen?" Heiners Schnurrbartspitzen zitterten vor Empörung. Richard vermutete, dass er an die mongolischen Zwergtrolle dachte, die für die von Donnerskai die Drecksarbeit gemacht und dabei ihn und seinesgleichen eingefangen hatten. Emma atmete tief durch.

„Ja, sie ist nicht legal hier. Aber ich bin mir sicher, dass sie nichts Böses im Schilde führt. Sie ist wirklich aus Versehen bei mir gelandet. Ich mag aber trotzdem noch nicht die Behörden informieren. Nicht, solange das arme Ding vor Angst zittert, sobald die Tür aufgeht. Ihr Name ist übrigens Killa, es ist der Name der Mondgöttin der Inka. Das habe ich nachgeschlagen. Aber mit denen scheint sie trotzdem nicht viel am Hut zu haben. Sie entstammt vermutlich eher dem Aztekischen. Immerhin trägt sie einen eher mexikanischen Sombrero und nicht den Bowler der Frauen der Anden, die ja eher inkablütig sind."

Emma Schnellfuß wandte sich zu Heiner. Sie hockte sich wieder vor den kleinen Schrat, sah ihm tief in die Augen.

„Vielleicht könntest du einmal versuchen, mit ihr zu reden? So von Naturwesen zu Naturwesen? Ich ertrage ihr Unglück einfach nicht länger. Wir müssen ihr irgendwie helfen. Ich habe Angst, wenn ich es dem Amt melde, dass sie vielleicht den Abschiebehaft genommen wird. Immerhin schien sie ja in Südamerika auch schon auf der Flucht zu sein."

„Augenblick." Richard zog die Schnellfuß hoch.

„Sie haben ein fremdes Anderweltwesen bei sich aufgenommen? Und, als wäre das nicht schon schlimm genug, versuchen jetzt, es an meine Leutchen abzuschieben?" Das schlug dem Fass ja wohl den Boden aus. Emma nickte seufzend. Und schüttelte gleichzeitig den Kopf.

„Ja, das habe ich. Und wie ja eben deutlich wurde, habe ich es nicht gemeldet. Es hat lange genug gedauert, bis die Kleine mir auch nur im Ansatz vertraut hat. Da liefere ich sie doch keinem Beamten aus, der nur Dienst nach Vorschrift macht. Nichts da. Und außerdem will ich Killa beileibe nicht abschieben. Weder an Heiner noch an sonst wen. Es war mir bis eben ja nicht mal klar, dass mein Heinerchen überhaupt noch lebt. Also halten Sie bitteschön den Ball flach, guter Mann."

Ui. Die Dame hatte richtig Feuer im Gemüt. Emma Schnellfuß gefiel Richard immer besser. Vor allem, da sie sich mit jeder Faser ihrer selbst für ihre Mitbewohnerin einsetzte. Und Heiner kannte sie ja auch ganz offensichtlich recht gut. Der wiederrum schien ihr zu vertrauen.

Richard fasste sich ein Herz. Er war viel zu weich. Immer wieder nahm er gestrandete Wesen bei sich auf und hier würde es vermutlich nicht anders enden.

„Ich möchte Ihnen einen Vorschlag unterbreiten. Bringen Sie Killa hierher, damit sie Heiner und die anderen kennenlernt." Als Emma sich schon beinahe aufplusterte, hob er beruhigend die Hände.

„Sie soll nicht von ihnen weggeholt werden. Wir sind hier schon mehr als überbelegt. Aber die Moosleute, die hier leben, haben sich nicht umsonst dafür entschieden, bei mir Asyl zu suchen. Da draußen ist es nach wie vor nicht ungefährlich für die Zwergschrate. Und ich werde den Teufel tun, auch nur einen von ihnen irgendwohin zu senden, um einen Einwanderer zu kontaktieren. Entweder Killa kommt hierher oder Sie müssen allein mit ihr zurechtkommen." Das war ihm harscher herausgekommen, als geplant, aber so stellte die Lage sich derzeit nun mal dar. Immer wieder wurden, obwohl der Düngemittelbetrieb aufgelöst worden war, Schrate und Moosleute aus den Habitaten weggefangen und verschleppt. Es hatte sich in gewissen Kreisen sehr wohl herumgesprochen, wie das potente Düngemittel der von Donnerskai erzeugt worden war.

Sombreroadvent

Emma Schnellfuß hatte letztendlich zugestimmt. Und so stand sie nur wenige Stunden später mit einem kleinen, in kunterbunte Röcke gekleidetem Wesen an der Hand, vor Richard.

Killa trug außerdem einen riesigen Sombrero in der anderen Hand, der beinahe so groß war wie sie selber. Ihr Näschen war gekräuselt, ganz so, als traute sie dem Braten noch nicht wirklich.

Neben Richard hummelte Heiner unruhig hin und her, seit das Auto der Zeitungsfrau auf den Hof eingebogen war. So kannte Richard den Moosmann überhaupt nicht. Heiner Goldmoos war, trotz seiner Trauer um Eva, eigentlich immer die Ruhe in Person.

Während Killa mit gesenktem Kopf neben Emma stand und deren Hand fest umklammert hielt, trat Heiner vor und hockte sich vor die kleine Frau.

Zu Richards Verwunderung begann er in einer ihm fremden Sprache zu reden. Killa schaute vorsichtig auf. Dann schüttelte sie den Kopf. Heiner griff nach ihrer anderen Hand, erhob sich und zog sie in die Richtung der Gewächshäuser. Zögernd löste Killa ihren Griff um Emmas Hand und folgte dem aufgeregten Moosmann. Richard hingegen legte Emma seine Hand auf den Arm und schüttelte den Kopf.

„Lass sie kurz allein. Ich denke Heiner weiß, was er tut. Er hat die letzten Stunden vollständig mit der Nase im Internet verbracht und irgendwelche Wesen und Strategien gegoogelt. Lass es ihn auf seine Art und Weise versuchen." Automatisch war er zum persönlichen „Du" gewechselt. Die Sorge um die kleinen Wesen verband sie, daher kam es ihm falsch vor, auf der höflichen Anrede Emma gegenüber zu beharren. Da Killa ihr so offensichtlich vertraute, war Emma Schnellfuß auch für ihn vertrauenswürdig.

Diese wiederum vertraute Heiner, da sie sich von Richard ins Büro führen und einen Kaffee ausschenken ließ. Der Raum war verlassen, da es schon lange Feierabendzeit war. Als sein Telefon auf dem Tisch schellte, schraken sie gemeinsam zusammen.

Zapfengeschosse

„Hajo, was gibt es? Ist alles in Ordnung?“ Richard wunderte sich schon, dass sein Liebster zu dieser Zeit anrief. Soweit er wusste, hatte Hajo Dienst und stellte sein Handy dafür normalerweise aus.

„Irgendetwas ist im Busch. Baso sagte, es gibt Kunde davon, dass Trolle auf dem Weg zur Gärtnerei sein sollen. Ruf deine besonderen Mitarbeiter in die Schutzräume und trommele alle, die vertrauenswürdig sind, zusammen. In spätestens einer halben Stunde ist Hilfe vom Amt für fantastische Lebensformen da. Passt auf euch auf!“ Das Gespräch brach ab.

„Verflucht nochmal.“ Richard drückte auf das Icon einer speziell für solche Notfälle programmierten App und tippte eine kurze Nachricht ein.

Dann atmete er durch und fasste einen Entschluss.

„Emma, ich brauche deine Hilfe. Ich hoffe, ich werde es nicht bereuen.“ Er winkte ihr, ihm zu folgen. Draußen wurde es gerade munter.

Immer mehr Moosleute tauchten auf und rannten auf eines der älteren Gewächshäuser zu. Richard schnappte sich ein Fahrrad, an dem einer dieser Hänger angebracht war, in dem man sonst Kinder transportierte. Er bedeutete Emma, sich ein weiteres, für Notfälle bereitstehendes, Rad zu schnappen.

Gemeinsam radelten sie zu einem der Seiteneingänge und von dort aus auf der schmalen Zufahrtsstraße bis zum Wohnblock. Dort warteten einige normalgroße Schrate, die ihnen ohne zu zögern mehrere Moosleute in die Hänger packten.

„Das sind die, die nicht laufen können. Los, wir müssen zurück." Richard ließ sich noch einen Rucksack überziehen, in dem zwei Kinder steckten und trat in die Pedale. Emma blieb dicht hinter ihm.

Als diese plötzlich laut aufschrie, gefror ihm beinahe das Blut in den Adern.

Egal. Die kleinen Leute hatten Vorrang.

Aber Emma blieb nicht zurück. Jetzt erkannte er auch, welcher Art ihr Problem war.

Pfeile. Jemand schoss mit Pfeilen auf sie.

Es wurden immer mehr Geschosse, die auf sie abgefeuert wurden. Dann knallte es in schneller Abfolge. Eher gesagt, es ratterte. Mist.

Die hatten Maschinengewehre.

Richard trat in die Pedale, so schnell er konnte.

Das nächstgelegene Tor zur Gärtnerei war nicht mehr weit entfernt. Sie mussten es einfach schaffen.

Er hoffte inständig, dass es noch geöffnet war. Hinter ihm keuchte Emma laut. Gut so.

Wenn er sie atmen hören konnte, war sie da.

„Los Chef!" Er holperte über die Eisenbahnschwelle, auf der das Tor lief und sprang vom Rad.

Der Anhänger wurde losgerissen und der Rucksack rutschte von seinen Schultern. Ebenso schnell wurde Emma von ihrer Last befreit.

„Hilf mir, wir müssen es schließen!" Gemeinsam schoben sie das schwere Tor über den Zugang.

Richard öffnete, sobald das Schloß eingerastet war, ein verstecktes Panel und aktivierte einen Sicherheitscode. Das Tor stand nun unter Strom. Und außerdem wurde augenblicklich ein Signal an die magische Strafverfolgung geschickt, dass hier dringend Hilfe erforderlich war. Aber das wussten die ja schon, wenn er Hajo glauben konnte.

Und niemandem vertraute er mehr.

Ohne dessen Warnung wären seine Schutzbefohlenen jetzt in einem Betongebäude auf sich allein gestellt.

Einem Umfeld, das ihnen fast völlig die Möglichkeit nahm, sich zu wehren.

Richard hastete hinüber zum Hauptgebäude, um sich einen Überblick zu verschaffen. Mehrere groß gewachsene Schrate leiteten dort gerade die kleinen Leute in die Richtung des Sicherheitsraumes unter dem ältesten Gewächshaus.

Gleichzeitig teilten sie die vorhandenen Armbrüste aus dem Waffenraum hinter dem Büro unter sich auf. Auch Richard griff nach einer der schussgewaltigen Waffen.

Ebenso nahm er eine der bereitliegenden Gürteltaschen auf und legte sich diese um die Hüften.

„Sie kommen von allen Seiten. Jemand muss ihnen alles über unseren Standort verraten haben. Viele Blicke fielen auf Emma. Diese wuchs sichtlich in die Höhe und stützte entrüstet die Hände in die Seiten.

„Nein. Vergesst es. Ich war das nicht."

„So? Wer kommt denn mit einem fremden Wesen hier vorbei? Und gleich darauf werden wir angegriffen? Was ist das überhaupt für eine Lebensform? Kannst du uns bitte mal aufklären?"

„Viktor, lass es." Richard schob sich zwischen Emma und den obersten der Schrate im Dreiländereck. Auch wenn er selber nicht ganz frei von Zweifeln war, so brachte das in diesem Augenblick nichts. Außerdem war er einfach nur froh darüber, dass die Schratgemeinschaft so gut eingespielt war, dass die ersten Kämpfer noch vor den Angreifern eingetroffen waren. Das Amt musste Viktor mit der ersten Meldung auch informiert haben.

Eine bunte Kugel schoss aus dem Weihnachtsgewächshaus und prallte gegen Viktor Rübezahls breite Brust.

Killa schrie den Schrat in unverständlichen Zungen an, schlug und trat gegen ihn und gebärdete sich wie wildgeworden. Richard pflückte die kleine Frau vom Mantel seines Vorgesetzten. Dieser nun wieder begann, laut zu lachen.

„Eine Nagual hat sie hier angeschleppt! Wie cool ist das denn! Sie kann bleiben. Und seht zu, dass die Journalistin sicher ist. Dann bleibt der Krümel auch ruhig." Nagual? Was sollte das sein? Richard schüttelte den Kopf.

Killa offenbar.

Ein Pfeil schlug in der Wand hinter ihnen ein. Mehrere Köpfe duckten sich gleichzeitig weg.

Micha, einer der Begleiter Viktors, hob seine Armbrust, lud diese mit einem Fichtenzapfen und schoss. Ein wilder Aufschrei beantwortete diese Aktion. Weitere Pfeile erreichten die Schrate und verfehlten sie nur knapp. Jetzt luden sie alle ihre Waffen. Richard schob Apfelkerne in ein eigens für ihn angefertigtes Magazin, zielte kurz und traf einen der Angreifer zwischen den Augen. Sofort begann an der Stelle ein Apfelbäumchen zu wachsen und nahm dem mongolischen Zwergtroll, denn um einen solchen handelte es sich, die Sicht.

„Emma, lass dir den Weg in den Bunker zeigen und kümmere dich um die Moosleute." Nur so wurden sie die wütende Killa los, die sich gerade bereitmachte, über die Mauer zu springen, um einen der Trolle zu bestrafen, der auf Emma gezielt hatte.

Das Rattern von Maschinengewehren mischte sich in das Surren der Bögen und Armbrüste.

Putz rieselte von der Wand, wo diese getroffen worden war. Richard schoss die Apfelkerne ab, als ob sein Leben davon abhinge. Was es ja wohl auch tat. Ebenso verhielten sich die anderen Schrate. Aus dem Augenwinkel erkannte er eine Gruppe Moosleute, die dem Sicherheitsbereich zuströmten. Auf den Fersen entdeckte er dabei einige schwarz gekleidete Menschen, die mit Keschern und Lassos bewaffnet waren.

„Hier rüber!" Er legte an und traf einen der Kescher, der sofort Wurzeln trieb und seinen Träger damit ausbremste. Wie Dominosteine purzelten die Schwarzen um. Aber sie rafften sich viel zu schnell wieder auf. Zumindest hatten die Moosleute nun einen kleinen Vorsprung. Richard legte an und schoss und legte wieder an. Da nicht jeder Schuss traf, begann der sonst recht gepflegte Weg zuzuwachsen, als die Geschosse allesamt dort keimten und aufwuchsen, wo sie auf einen festen Grund trafen. Plötzlich stockten die Jäger und wichen zurück.

Ein Blick nach rechts ließ Richard kurz prusten. Na das war ja mal ein Anblick. Eine Gruppe Moosfrauen hatte sich mit Bratpfannen und Tüten voller knallroter Plastikweihnachtskugeln bewaffnet und donnerte die Kugeln massenweise mit den Pfannenböden auf die Angreifer los.

Autsch. Das musste weh getan haben.

Der Jubel einer der Frauen bestätigte es. Sie hatte den Mann voll an seiner empfindlichsten Stelle erwischt. Folgerichtig ging der auch zu Boden, die Hände schützend vor sein Gemächt haltend. Da der Christbaumkugelhagel mitnichten nachließ, wichen die Männer langsam zurück. Direkt in die Arme dreier Schrate, die sich ihrer nur zu gern annahmen.

Richard duckte sich gerade rechtzeitig hinter eine der zu dieser Jahreszeit leeren Regentonnen, als eine Garbe Gewehrkugeln aus einer ganz neuen Richtung einschlug. Verflixt nochmal. Die meinten es wirklich ernst. Nicht, dass er daran noch gezweifelt hätte. Mist. Er ließ sich zu Boden fallen und griff nach seinem Arm. Das war es dann wohl mit einem heldenhaften Kampf. Er war eben eher einer, der sich kümmerte und kein Kämpfer. Eine Kugel hatte ihn erwischt. Brennender Schmerz zog vom Oberarm aus durch seinen Körper.

Trotzdem. Seine Schutzbefohlenen hatten mehr verdient. Er biss die Zähne zusammen und hob seine Armbrust auf. Ein letzter Pfeil traf einen der menschlichen Angreifer an der Schulter. Dann knallte es und Richard umfing herrliche, tiefschwarze Ruhe.

Urwaldleuchten

„Bei allen Geistern der wilden Jagd, bist du schwer. Hilf mir gefälligst ein bisschen." Richard wurde aus einem wunderbaren Traum gerissen, in dem er mit Hajo auf der Spitze einer Felsnadel gesessen und den Blick über eine fremdartige Landschaft hatte schweifen lassen. Der Ausblick verschwand, Hajos Stimme allerdings blieb.

Richards Körper brannte vor Schmerzen, als der dem Zug folgte und sich aufrichtete.

„Lass mich dich führen. Setz nur immer einen Fuß vor den anderen." Wie schön war es, wenn man nicht selber denken musste. Aber es tat schon weh. Richard stolperte und riss die Augen auf. Er hing im Griff Hajos und war über eine Stufe, die ins Gewächshaus mit der Weihnachtsdeko führte, gestolpert.

„Das geht nicht. Wir müssen sie schützen."

„Nichts da. Erstmal schau ich mir deine Verletzung an. Dann kümmern wir uns weiter um die Kleinen. Jetzt sei ein braver Waldschrat und komm da rein.

Warme Luft umfing ihn. Leise Stimmen murmelten, irgendwo schrie eine weibliche Stimme auf.

„Setz dich." Richard versuchte, wieder aufzustehen, da Hajo es gewagt hatte, ihn loszulassen und auf einen Stuhl zu drücken. Ein leises Lachen ließ ihn Aufsehen.

„Du lässt dich jetzt verarzten, dann nehme ich dich gern wieder in den Arm. Aber zuerst muss dein Arm verbunden werden." Oh je. Er saute hier alles voll. Stimmt. Da war ein Schuss gewesen und der Schmerz im Arm.

„Chef, da hast du dir aber echt was eingefangen. Leider blickte Richard runter auf die Hände seiner Bürodame. Hätte er das mal lieber bleiben gelassen. Ihm wurde ganz und gar unheldenhaft schlecht.

Deren behandschuhter Finger steckte nämlich in seinem Arm und ragte auf der anderen Seite wieder heraus. Blutüberströmt, versteht sich.

„Zum Glück ist es ein glatter Durchschuss. Den muss ich nur verbinden. Da braucht es keinen Arzt. Wir sind hier sowieso unterbesetzt. Doktor Wildermann operiert gerade und Liane, die Hexe, heilt einen der Moosmänner, den eine Buchecker im Bauch erwischt hat. Die Buche war bereits größer als er."

„Das erklärt einiges."

Hajo schmunzelte auf Richard hinab.

„Ihr verballert Samen, der dann gleich zur Pflanze wird?" Richard versuchte, mit den Schultern zu zucken.

„Ist jedenfalls effektiv."

„Und ob. Es war ziemlich obskur anzusehen, als wir ankamen und überall Baummänner herumliefen. Ich kam mir vor, als wäre ich in Tolkiens „Herr der Ringe" gerutscht und dort hängengeblieben."

„Aber die Entz, die Tolkien beschreibt, sind genetisch gesehen echte Bäume. Wir lassen nur Bäume auf Trägerwesen wachsen. Das ist etwas ganz anderes."

„Wenn du das sagst."

„Fertig. Fast wie neu. Lass aber den Verband bloß dran." Laura wischte Richards Arm rund um den blütenweißen Verband sauber.

Die Tür zum Ausstellungsraum schlug auf.

„Hat einer von euch Heiner und Killa gesehen?" Emma stürmte herein.

„Sie sind nicht im Sicherheitsraum?"

„Ich habe alles durchsucht. Hoffentlich haben sie sie nicht erwischt."

„Was soll das heißen? Es gibt Entführungsfälle? Es sind nicht alle da? Wer fehlt? Verflucht nochmal." Richard spürte, wie sich Hajos Hände schwer auf seine Schultern legten.

„Du musst jetzt ruhig bleiben. Sie haben eine Gruppe erwischt, die das rückwärtige Tor zur Waldzufahrt sichern wollte. Ein Waldschrat namens Hendrik, ein weiterer Schrat und drei Moosleute sind in ihren Hinterhalt geraten. Ich schwöre dir bei allem, was mir heilig ist, dass wir sie zurückbringen werden."

„Wenn da Heiner und Killa dabei sind, die haben doch schon so sehr gelitten. Killa weiß doch gar nichts von dem ganzen Mist. Das gibt ihr den letzten Stoß."

Richard beobachtete, wie Hajo Emma vorsichtig an sich zog.

„Es waren nur männliche Moosleute dabei. Davon abgesehen. Den Heiner, den kenn ich. Wer zum Kuckuck aber ist Killa?“

„Sie ist laut Viktor eine Nagual aus Mexico. Was immer das sein soll. Glaub mir, Steingeborener, die wäre sogar dir aufgefallen. Kribbelbunt gekleidet und mit einem Sombrero, der größer ist, als sie.“

„Der ist nicht größer. Aber reichlich.“

„Emma. Der Hut ist so breit, dass Killa ihn nicht mit beiden Händen links und rechts an der Krempe erreichen kann.“

Richard erhob sich ächzend und sah sich um.

Mehrere Schrate und auch kleine Leute wurden gerade zwischen Christbaumkugeln und Tannengrün verarztet.

„Es ist also vorbei?“ Hajo blickte ihm tief in die Augen, während er Richards Bart glattstrich.

„Vorerst. Sie sind abgehauen, als die Beamten mit einer halben Hundertschaft anrückten. Aber dass es vorbei ist, das kann ich mir nicht vorstellen. Eine Pause werden wir haben. Mehr nicht.“

Das war allerdings mehr, als Richard nur kurz zuvor zu hoffen gewagt hatte.

„Ich muss nach der Gärtnerei sehen.“

Gemeinsam mit Hajo taumelte Richard mehr, als er ging, aus dem Glashaus.

Seine wundervolle Gärtnerei sah aus, als wäre sie mindestens zehn Jahr nicht mehr bewirtschaftet worden.

Überall wuchsen junge Bäume und Sträucher, Wurzeln zogen sich über die Wege und einige der großen Glasscheiben waren zerbrochen. Das würde ein gutes Stück Arbeit bedeuten, alles wieder herzurichten.

„Was ist nun mit Heiner und Killa? Helft ihr nun endlich suchen?“ Emmas Stimme klang erstickt von ungeweinten Tränen. Hajo griff um Richards Rücken, da dieser spürte, dass er taumelte.

„Wir finden sie. Unter den Entführten waren sie nicht. Jetzt sorgen wir erstmal dafür, dass alle für die Nacht sicher untergebracht werden und dann schauen wir weiter. Ich bin mir sicher, sie tauchen wieder auf.“

„In den Wohnblock lasse ich aber niemanden zurück, solange der nicht vernünftig gesichert ist.“ Richard löste sich von seinem Liebsten und sank auf eine der wunderschön geschnitzten Bänke, die aber auch zahlreiche Wurzeln und Zweige getrieben hatte.

„Das ist ein Desaster. Ich habe keine Ahnung, wie es nun weitergehen soll.“ Kraftlos ließ er sich gegen die im Dezember ergrünte Lehne sinken.

„Was hältst du davon, wenn deine Kurzen sich vorübergehend bei uns im Wäldchen Unterschlüpfe suchen?“ Thomas und Falk Wolf, die Bewohner des Dreiseithofes, traten aus der Dunkelheit.

„Das ist zwar keine dauerhafte Lösung, aber den Wald können wir halbwegs absichern. Wäre es möglich,“ Thomas nickte Hajo zu, „dass die steinerne Bruderschaft Hilfeleistung erbringt?“ Richard blickte erstaunt von einem zum anderen.

Normalerweise gifteten sie sich doch nur an, wenn sie aufeinandertrafen. Tierwandler und Steingeborene hatten traditionell ein Problem mit der Existenz des jeweils anderen.

„Wir haben den Vorschlag schon Brienne vom Amt unterbreitet, die überlässt es uns. Die Idee, die Moosleute für einige Nächte im Wald unterzubringen, befürwortet sie allerdings auch.“ Richard hob eine Hand.

„Wir werden sehen. Heute Nacht bleiben wir alle hier. Morgen sehen wir weiter.“ Er schrak auf, als die Wolfs sich unisono abwandten und leise bellten. Hajo schob sich augenblicklich vor Richard, um ihn zu beschützen, was er im Moment total befürwortete. Immerhin war er vollkommen platt.

„Lydia Hellblut. Wie kannst du uns nur so einen Schrecken einjagen.“ Richard entfleuchte ein Kichern, ebenso wie der zartgliedrigen Hexe, der dritten Partei aus dem Urwäldchen.

Rund um die Bank zog sich die neu erwachsene Vegetation zurück.

„Runter mit euch!" Lydia hob die Hände und ein Knall ließ es Richard in den Ohren klingeln. Blitze schossen aus Lydias Fingerspitzen über Richard hinweg und erhellten einen Mann, der sich am Wegrand in die Hecken gedrückt hatte.

Gerade fielen von der Hainbuche, die auf seiner rechten Schulter wuchs, die Blätter ab.

„Fahre er zu Luzifer! Sie haben sich eure Treffer zur Tarnung gemacht. Die Moosleute müssen zurück in den Schutzbereich! Durchsucht das ganze Gelände. Wir brauchen Spürnasen. Thomas, wie schnell könnt ihr die Wandelwesen der Umgebung zusammenrufen?"

Hajo hatte wie selbstverständlich die Kontrolle übernommen. Während die Wölfe die Köpfe hoben und lautes Geheul in den Nachthimmel stießen, tippte Lydia auf ihrem Handy eine Nachricht nach der anderen.

„Hexen. Alle Hexen müssen her und die neue Vegetation zurückdrängen. Verflucht. Wir sind zu wenige." Sie verschwand tippend und ihren Zauberstab aus knorriger Hasel schwingend, in der Dunkelheit.

„Wir haben hinter dem Weihnachtstreibhaus Feuerschalen stehen. Ich sorge dafür, dass diese verteilt und Feuer angesteckt werden, damit wir mehr sehen." Richard winkte zwei Beamten in Uniform, die gerade aus einem der Gewächshäuser traten und instruierte diese.

Oh, es treibe grün aus

Als ausreichend Feuer brannten, eine der neu erschienenen Hexen Richards Arm geheilt und bereits mindestens zehn Zwergtrolle und fremde Menschen dingfest gemacht worden waren, konnte er sich endlich um das dringendste Problem kümmern.

Die Moosleute waren mitnichten in den Schutzraum zurückgekehrt. Sie hatten festgelegt, dass sie genau die richtigen Wesen waren, um zu helfen.

Wo immer auch ein Scharmützel entbrannte, stolperte jemand über einen gebeugten Rücken oder ein ausgestrecktes Bein eines Zwergschrats. Leider unterschieden die Chaoten dabei nicht zwischen Freund und Feind.

Richard kam eine Idee. Irgendwo zu Hause bewahrte er einen Stab aus der Wurzel einer tausendjährigen Eiche auf, den einer seiner Vorfahren von dem sterbenden Baum bekommen hatte.

Diesem Stab wurde nachgesagt, dass er über Schrate zu wachen in der Lage sei.

Und er konnte ihnen Befehlen. Wie auch immer das funktionieren sollte, er würde es in der nächsten Stunde herausfinden.

Also verdrückte er sich durch ein Gartentürchen, dass fast niemandem mehr bekannt war.

Brombeerranken überwucherten es fast völlig, sodass es von einem nichteingeweihten Auge nicht so einfach zu entdecken war.

Dahinter hatte er für Notfälle ein altes Hollandrad versteckt, mit dem er nun auf dem Weg zum Forsthaus war. Es musste einfach gelingen.

Während der kurzen Fahrt grübelte er ununterbrochen. Irgendetwas hatte der Großvater ihm erzählt, wie der Stab aktiviert wurde. Oder tat der das von allein? Mist, verflixt nochmal, die Schmerzen im Arm machten ihn noch ganz kirre.

Er wusste es einfach nicht mehr und bekam die Worte des Großvaters auch nicht zusammen.

Hätte er nur mal besser zugehört. Aber die Geschichten um den Eichenstab waren so fantastisch gewesen, dass diese einfach nicht wahr sein konnten.

Tief in seinen Gedanken gefangen, stürmte Richard durch die weit geöffnete Haustür.

Erst, als er die Kellertreppe schon halb hinabgerannt war, fiel es ihm auf. Die Tür hätte eigentlich verschlossen sein müssen.

Verflucht. Irgendwie lief alles schief.

Im selben Augenblick wurde er von hinten gepackt.

„Na, wen haben wir denn da? Den Herren über das Spielzeug hier? Das wolltest du doch holen, oder?" Ein asiatisch anmutender Mann trat vor ihn und schwenkte den Eichenwurzelstab.

„Wie schön, dass du zu uns gekommen bist und wir dich so nicht aus dieser dämlichen Gärtnerei holen müssen. Bringt ihn nach oben und fixiert ihn auf dem Stuhl!" Richard wurde an den Haaren gepackt und zurückgezerrt, die Treppe wieder hinauf und durch den Flur bis zu seinem Wohnzimmer. Er bekam einen festen Stoß in den Rücken und landete auf dem Boden. Aber das war nicht seiner.

Niemals. Sein wunderschönes Stäbchenparkett war mit Alufolie abgedeckt worden, die Teppiche hatte jemand einfach an die Seite geschoben und was da vor ihm stand, musste einfach aus einer mittelalterlichen Folterkammer stammen.

Oder einem dieser ominösen Studios, wo man dem Spiel von Dominanz und Unterwerfung frönte.

Der Lehnstuhl war zur Gänze aus angerostetem Stahl gefertigt worden. Handschellen hingen von den Armlehnen und an die vorderen Beine hatte jemand eiserne Manschetten geschraubt.

Die Asiaten, er nahm an, dass sie zu den mongolischen Zwergtrollen gehörten, oder diesen zumindest hörig waren, zerrten ihn hoch und fesselten ihn an dem Stuhl. Eisen und Stahl machten ihn noch zusätzlich wehrlos. Als Schrat war es eine der wenigen Möglichkeiten, ihm die ihm angeborene Macht über die Natur zu nehmen.

„Du hörst jetzt gut zu. Unsere Leute sind überall. Wenn du und deinesgleichen überleben wollt, dann rufst du jetzt ganz brav die kleinen Moostypen, damit wir sie in ihre neuen, geräumigen Käfige übersiedeln können. Immerhin ist es nur recht und billig, dass die auch mal arbeiten. Immerhin kostet so eine Anlage auch was." Oha. Richard verkniff es sich, die Augen zu verdrehen.

Die Moosleute taten mehr als genug für die Gesellschaft. Sie sorgten dafür, dass die geschundenen Wälder, Moore und Wiesen ihre Funktionen aufrechterhielten. Allein dabei war den Wesen schon oft genug zum Heulen.

Dass deren Tränen dann im Umkehrschluss für die Heilung ihrer Habitatwälder sorgten, war eine ganz praktische Laune der Natur. Wenn es Richard auch lieber gewesen wäre, wenn dafür niemand weinen müsste.

Es polterte auf der Treppe und zwei weitere Personen traten ein. Oder, zumindest versuchten sie es. Da den beiden mongolischen Zwergtrollen inzwischen meterhohe Fichten aus den Rüstungen aus Lederlappen sprossen, blieben sie im Türrahmen hängen.

„Hat er jetzt den verdammten Stab angefasst? Kommen sie?" Richard ballte die Hände zu Fäusten, als einer der Männer ihm den Stab in die Hände drücken wollte.

„Wartet. Ich habe da ein Druckmittel."

74

Ein weiterer Zwergtroll, dem ein Hagebuttenstrauch über das halbe Gesicht wuchs, schob ausgerechnet Borkmann und Mooslinde in den Raum. Er schnappte das Paar und warf Mooslinde einem der Männer zu.

„Würgt sie. Ich will ihn heulen sehen. Und dann, wenn sie bereits blau anläuft, wird er den Stab nehmen.“

„Ich nehme ihn. Aber lasst die beiden los.“ Er würde es sich nie verzeihen können, wenn der sanften Moosfrau oder deren gutmütigem Gatten etwas geschähe. Er griff um das warme, von der tausendjährigen Lebensenergie der Eiche angefüllte Holz und atmete durch. So wie das Eisen ihm die Kräfte nahm, führte der Stab diese ihm wieder zu. Er konnte das leichte Summen und Vibrieren der angesammelten Magie der Natur spüren. Aber wie man die Wesen nun zu sich rief, das war ihm nach wie vor ein Rätsel. Sichtlich ungeduldig schnappte einer der Trolle mit den Fichten nach Mooslinde, die sich blitzschnell in die Arme ihres Mannes flüchtete. Was ihr nichts brachte, denn nun wurden sie gemeinsam in den Schwitzkasten genommen. Richard atmete tief durch. Dann galt es eben, zu improvisieren, denn er hatte im Augenwinkel etwas bemerkt.

„Kommt zu mir! Eilt herbei! Zeigt euch hier und jetzt! Hier, ins alte Forsthaus werdet ihr gerufen aus nah und fern!“ Soweit es die Handschellen zu ließen, wedelte er wild mit dem Stab.

„Ich brauche mehr Bewegungsfreiheit. So wird das nichts. Von ein wenig Herumzappeln kommt hier niemand." Richard blickte dem größeren der Fichtenträger in die Augen.

Dabei hoffte er, dass dieser die Angst nicht sah, die ihn fest in ihren kalten Krallen hielt.

„Und ich brauche Bodenkontakt. Waldboden oder zumindest einen aus Holz. Sonst fließen die Energien nicht."

„Na klar, damit du uns dann sofort zuwuchern lässt."

„Das Risiko müsst ihr wohl eingehen. Aber der Stab reagiert in dieser Umgebung nicht richtig. Oder seht ihr hier auch nur ein Wesen, das angerannt kommt?" Zumindest hoffte er es inständig.

„Gut. Aber glaub nicht, dass du dich uns widersetzen kannst. Legt ihn in Ketten und bringt ihn vor die Tür. Er soll auf dem Betonpflaster vor der Hintertür stehen, nur der Stab darf den Waldboden berühren."

Wie perfide, aber der Gedanke entbehrte nicht einer gewissen Logik. Alles war für Richard besser, als dieser Stuhl auf dem Aluminiumboden.

Zu allem Überfluss spürte Richard, wie ihm die Mündung einer Waffe gegen die Wange gedrückt wurde. Noch mehr Stahl. Das sein Leben bedroht wurde, war nicht zu ändern. Er musste sich konzentrieren, einen Ausweg zu finden.

Und dabei störte die Mündung einer abgesägten Schrotflinte dann doch schon ganz gewaltig. Borkmann zappelte im Griff seines Peinigers, während Mooslinde inzwischen frei in einer Zimmerecke kauerte.

„Lasst ihn gehen. Ich hole sie." Mooslinde schrie auf.

„Borkmann! nein!" Der kleine Moosschrat war viel zu tapfer für seine Größe, fand auch Richard. Das hier war aber das Schlachtfeld eines Waldschrats.

„Borkmann, Mooslinde, nicht. Ich muss es tun." Richard nickte dem Paar zu. Vermutlich waren dies seine letzten Minuten auf dieser Welt. Die Moosleute mussten wissen, dass sie nicht schuld an dem waren, was ganz gewiss gleich geschah.

Auch sie waren nur Opfer. Allerdings Opfer, die eine Chance auf ein langes Dasein auf dieser Erde verdient hatten.

Rübezahlwunder

Richard stellte sich auf den schmalen Pfad aus Betonpflaster und atmete durch. Sie hatten Ketten um seinen gesamten Leib gewunden. Nur die Arme und der Kopf waren frei geblieben. Offenbar kannten sie sich nur unzureichend mit Waldschraten aus.

Und mit denen der Familien Rübezahl erstrecht nicht. Allein der Kontakt mit dem Waldboden gab ihm Kraft und Energie. Auch, wenn diese nur durch einen Überträger geleitet wurde. Er hob den Stab über den Kopf, rief stumm Erde und Wald an und stieß den Wurzelstab auf die blanke Erde.

Wow. Den Effekt hatte er nicht erwartet.

Oder zumindest nicht ansatzweise in der Intensität. Er spürte, wie die Energie aus dem Boden in seine Nerven und Muskeln floss, sich ausbreitete und nach Platz verlangte. Der Eichenwurzelstab war ein überaus und unerwartet mächtiger magischer Verstärker, wie Richard erkennen musste.

Er atmete tief ein und presste nach unten. Das Pflaster gab nach und ließ seine Füße die Erde spüren. Eine Kette nach der anderen brach klirrend, als er wuchs.

Er streckte sich, breitete die Arme weit nach den Seiten aus und rief nun laut die uralten Götter der Wälder zu sich. Die Bäume rauschten laut, als der Boden aufbrach und überall Wurzeln erschienen.

Pilze wuchsen im Handumdrehen zu erstaunlichen Größen heran und Dornensträucher wickelten ihre Ranken in Windeseile um die Eindringlinge.

Richard spürte, wie seine Seele sich von seinem riesenhaften Leib löste und sich als glühender Ball in seinem Herzen bereitmachte, zu gehen.

Plötzlich wurde es eiskalt. Es war, als zöge ein Wintersturm der höchsten Kategorie heran und riss alles mit sich. Seine Seele schrie.

Sie schrie nach dem Leben, dass ihn verlies, nach Hajo, dem er seine tiefe Liebe nie in ihrer Gänze gestanden hatte und nach dem Unrecht an den Moosleuten, dass er nun niemals wieder gut machen konnte.

Die körperlose Dunkelheit, die auf den Sturm folgte war schön. Richard kuschelte sich hinein.

Wenn er so die Ewigkeit verbringen sollte, war es gut so. Ohne Schmerzen, ohne Sorgen, frei von Sehnsüchten.

Lebenslied

„Heilige Göttin, noch einmal. Hat der nichts Besseres zu tun, als schon wieder sterben zu wollen?" Die entfernte Stimme kam Richard wage bekannt vor. Irgendwo weiter weg schluchzte ein Mann.

Dann setzte der Sog ein.

Mit diesem kam der Schmerz. Er hatte das Gefühl, innerlich zu verbrennen.

Aber gleichzeitig spürte er Liebe. Liebe zum Leben.

So gern Richard wieder in die warme Schwärze sinken würde, der Drang zu leben wurde mit jedem Moment stärker. Vor allem, als er erkannte, dass es Hajo Hufzeh war, der da neben ihm weinte.

Mit aller Kraft, die ihm verblieben war, riss er die Augenlider hoch und sah sich um. Richard lag in seinem eigenen Bett. Allerdings war das Schlafzimmer eindeutig überbevölkert. Neben ihm saß Hajo, dessen Schluchzen in ein Strahlen überging, als er erkannte, dass Richard zurück war. Auf seiner anderen Seite hockte Mooslinde, hinter dieser schaute Lydia nach ihm. Und war da Frau Holle? Mitsamt einiger Jäger? Und Viktor Rübezahl? Laura, sein Büroengel? Sein Kopf drohte zu platzen.

„Alle raus hier. Nur der liebeskranke Steinklotz und ich bleiben hier." Lydia richtete sich zu der mächtigen Hexe auf, die sie war.

„Ich werde nicht gehen." Mooslinde verschränkte die kurzen Ärmchen über der Brust.

„Und ob du das wirst, Weib." Borkmann trat näher und zog seine Frau resolut von Richards Bett weg.

Nur einen Wimpernschlag später waren sie alle gegangen. Die Tür öffnete sich ein weiteres Mal, aber es war nur Emma, die den Kopf durchschob.

„Ich bringe sie in die Gärtnerei. Lasst euch alle Zeit der Welt. Und schön, dass du zurück bist, Richard."

„So. Jetzt mal Butter bei die Fische. Was hast du Idiot dir dabei gedacht, den Untergrund auf diese Weise anzuzapfen? Hast du wirklich geglaubt, dass ein Holzklotz wie du das überleben könnte?"

Lydia zählte einige Tropfen einer stinkenden Flüssigkeit auf einen Löffel ab und schob ihm diesen zwischen die Lippen. Bäh.

Das war eindeutig mehr als eklig. Während Richard angewidert schluckte, ging der Hexe offenbar ein Licht auf.

„Du hast gar nicht mit deinem Überleben gerechnet, oder?" Hajo starrte ihn mit Entsetzen im Blick an.

„Sorry. Aber ich hoffte, die Natur so gegen sie richten zu können, zumindest bis ihr da seid. Borkmann hat euch doch angerufen?"

Lydia nickte verstehend.

„Wenn dieser Stein auch recht lange gebraucht hat, bis er kapiert hat, was da passiert ist. Dann sind wir sofort

los. Halleluja, der Anblick war echt heftig. Wie bitteschön schafft ein Waldschrat es, zu dem riesigen, gruseligen Michelinmännchen aus „Ghostbusters" anzuschwellen? Du warst ja mindestens zehn Meter groß." Was seinen geschundenen Körper erklärte.

„Ich war sicher, dich verloren zu haben."

„Heul leise, Stein. Dein Liebhaber hier," Lydia deutete von Richard auf Hajo, „ist hintenübergefallen, als du einfach zwei der Trolle hochgehoben und auf die große Linde gesetzt hast. War übrigens ein Spitzenanblick." Sie kicherte leise, als sie aus einer anderen Flasche eine grüne Flüssigkeit auf den eben schon genutzten Löffel tropfte. Hajo stimmte in ihr Lachen ein.

„Die anderen Kumpane von den Typen mit den Fichten auf der Schulter sind einfach umgekippt, als du kurz getrampelt hast. Respekt, Großer. Erinnere mich bitte bei Gelegenheit daran, dich nicht wirklich wütend zu machen." Richard hob die Hand. Mist, sogar das tat weh.

„Das war nicht ich. Der Stab war es." Lydia schüttelte resolut den Kopf.

„Nein. War er nicht. Viktor hat ihn untersucht, genau wie die Holle. Dieser, zugegeben sehr interessante Wurzelstab, kanalisiert nur, was sowieso schon vorhanden ist. Es war deine ureigene Macht, die du hervorgebracht hast. Richard Rübe-Zahl, du bist offenbar eines der mächtigsten Naturwesen

Mitteleuropas. Sogar Viktor, euer Ältester, zollt dir seinen ganzen Respekt. Und jetzt trink das."

Lydia reichte Richard einen Becher, aus dem trübe, gelbe Dämpfe aufstiegen, die fürchterlich nach Schwefel und Phosphat stanken. Offenbar düngte sie ihn. Auch davon hatte er bislang nur in den Schauergeschichten der Altvorderen gehört.

Und in Drohungen seiner Mutter, wenn er nicht aufessen wollte. Einen Schrat zu düngen war, ihm das Leben zu retten.

Und eklig. Vor allem eklig schmeckte es.

Zum Glück durfte er danach ein Glas Wasser trinken und Lydia verzog sich auch. Noch so ein Heilmittelchen und er wäre schon vor lauter Grauen gesund geworden. Oder freiwillig gestorben.

Er klopfte auf das Kissen neben sich.

„Komm her, du Klotz." Hajo schien nur darauf gewartet zu haben. Er kroch zu Richard unter die Decke und umarmte ihn fest.

„Ich habe gedacht, ich muss zu Kieseln zerfallen, als du umgekippt bist. Mach das nie wieder. Ich brauche dich." Richard umarmte ihn, so fest er schon wieder konnte.

„Ich liebe dich auch. Bleib bei mir." Draußen ging langsam die trübe Dezembersonne auf. Der erste Tag des letzten Monats im Kalenderjahr war angebrochen.

„Ich glaube, wir sollten nach unten gehen. Wir haben die Ewigkeit für uns. Das verspreche ich dir hoch und heilig." Hajo warf Richard ein paar Klamotten zu, die er wahllos aus dem Schrank gezogen hatte.

Nun gut. Richard zog die Augenbrauen über dem zusammen, was er da gerade auffing. Aber egal.

Warum sollte ein Schrat von seinem Format nicht die Welt im Hawaiihemd retten? Vor allem, wenn es mit roten Weihnachtssternen bedruckt war?

Im Wohnzimmer saßen sie alle. Frau Holle hatte den Eisenthron mit Beschlag belegt und ließ die Beine über eine der Armlehnen baumeln. Die anderen hockten auf dem nun wieder sichtbaren Parkett, dem rotsamtenem Sofa und den zierlichen Jugendstilsesseln.

„Darf ich den Stuhl mitnehmen? Der gefällt mir." Holle spielte mit einer Stiefelspitze mit den Fußfesseln. Richard nickte ihr zu.

„Fühl dich frei. Er gehört dir." Holle drückte ihren Daumen gegen das Eisen der Lehne, wo augenblicklich ihr Siegel erschien. Richard sah müde von einem zum anderen.

„Wie kommt es, dass ihr alle da seid?" Lachen erklang aus allen Ecken des Raums.

„Das fragt der Herr Schrat nicht wirklich?" Holle rieb sich die Lachtränen aus den Augen.

„Da wächst ein Waldschrat auf Kirchturmgröße an und glaubt, wir wollen uns das entgehen lassen? Nein, im Ernst. Wir waren längst auf dem Weg. Das Amt hat uns informiert, dass hier etwas Größeres abgeht. Dass es so groß sein würde, hat man uns aber verschwiegen. Allerdings waren wir gerade noch rechtzeitig da, dich runter zu kühlen."

Ah. Das war also der Eissturm gewesen. Was ihn dazu brachte, die eigentlich wirklich wichtige Frage zu stellen.

„Was ist mit den Entführern? Wie geht es den Moosleuten und den Schraten aus der Gärtnerei?"

Mooslinde hopste von dem niedrigen Sideboard, auf dem Richard seine Lieblingsbücher lagerte.

„Die Herren Wolf haben Verstärkung gerufen und die ist ihnen auf der Spur. Und stell dir vor, die Gargoyles wollen zwei Wächter auf den Wohnblock setzen. Damit wir uns sicher fühlen können. Und einige von uns ziehen hier in den Wald. Aber zuerst muss geguckt werden, dass keine laufenden Bäume mehr da sind. Ey, da habt ihr einen schönen Mist gemacht. Hättet ihr uns mal gefragt. Wir hätten da bessere Munition besorgt."

Adventsputz

Sie waren alle da und machten sich nützlich. Die Wege der Gärtnerei waren bereits halbwegs geräumt, als Richard mit Hajo durch den Hauptzugang kam.

Man konnte beinahe glauben, dass einfach nur ein Wintersturm über das Gelände gefegt war. Für alle Außenstehenden war es sowieso eine ungewöhnlich heftige Gewitterzelle gewesen, die sich weiträumig entladen hatte.

Glücklicherweise schien kein Uneingeweihter einen der laufenden Bäume, wie Mooslinde sie so treffend nannte, zu Gesicht bekommen zu haben.

Einzig Emma Schnellfuß flitzte unruhig von Ecke zu Ecke und rief nach Heiner und Killa.

Die beiden waren und blieben verschwunden. Inzwischen waren es mehr als fünfzehn Stunden, seit das Chaos losgebrochen war. Im Schutzraum hatte sie niemand gesehen, in den Gewächshäusern ebenso wenig.

Auch das Büro zeigte keine Spur. Soeben hatte sich Thomas Wolf der armen Emma erbarmt und sich zum Wolf gewandelt. Sie hielt ihm einen kleinen, aus weißem und rotem Garn gestrickten Schal unter die Nase, damit er ihre Spur aufnehmen konnte.

Richard und Holle zwangen die Journalistin, sich mit einem heißen Kakao ins Büro zu setzen und einen

Artikel über die Sturmschäden an der Gärtnerei zu schreiben. Besser es berichtete jemand, der dabei gewesen war und genau wusste, worüber man schreiben konnte und was besser unter den Tisch gekehrt wurde.

Nur wenige Minuten später schallte ein fröhliches Bellen über das Gelände. Das konnte nur eines bedeuten. Der Wolf hatte in Minutenschnelle geschafft, wo alle anderen versagt hatten. Emma verschüttete vor lauter Aufregung den Kakao über den hellbraunen Fliesenboden.

Aus dem Gewächshaus, dass die Weihnachtssterne und den Dekoplunder beherbergte, erklangen fröhlichen Gekläffe und lautes Lachen.

Richard, Hajo und Emma stürmten herein.

Drinnen erbot sich ihnen ein wahrhaft köstliches Bild. Weggeräumt waren die Reste der behelfsmäßigen Krankenstation.

Das Haus wurde wieder von Rottönen, Tannengrün und Glitzer beherrscht. Unter anderem.

Denn ganz hinten im Treibhaus stand eine hüfthohe Hütte, die Richard vor Jahren mal als Zusatz für einen Marktstand am Striezelmarkt angeschafft hatte. Diese hatte sich allerdings recht schnell als nutzlos erwiesen, da sie einfach nicht in die Markthütte hinein und auf den Tisch passte. Meistens musste das Ding nun hier in der Gärtnerei zu den Verkaufstagen vor dem Fest als Weihnachtskrippe herhalten.

Normalerweise lagerten sie da drin außerdem Zubehör, dass nur selten benötigt wurde. Es war eben einfach. Kram rein, Tür zu und weg war es.

Thomas Wolf hatte mit der Schnauze die Türen weit aufgeschoben, sodass jeder sehen konnte, was drinnen alles herumlag. Oder saß.

Denn in die Hütte gehörte auch die Einrichtung für die Krippe. Und in der Raufe, in welcher sonst das Jesuskind schlief, saßen nun zwei verschlafen wirkende Wesen. Heiner und Killa hielten sich fest umklammert und blinzelten Thomas Wolf ziemlich erschrocken an. Leben kam in das Pärchen erst, als Emma sich vor die Hütte kauerte und die Arme öffnete. Sofort katapultierte Killa sich zu ihr und presste sich an Emmas Brust. Heiner kletterte aus der Krippe und stellte sich verlegen grinsend dazu.

Offenbar hatten die Beiden das ganze Theater verschlafen. Sie hatten sich zurückgezogen um einen Weg zu finden, sich zu verständigen und dabei bemerkt, dass sie sich mochten. Irgendwann waren sie eingeschlafen.

Mit offenen Mündern verfolgten sie die Erklärung dessen, was geschehen war. Zum Glück war unter den Beamten des Amtes für fantastische Lebensformen eine Elfe, die auch einige der alten mittelamerikanischen Dialekte verstand und sprach.

Nagualwunder

Demnach war unter einer Nagual ein aztekischer Schutzgeist zu verstehen, der seinen Menschen bis zu dessen letztem Atemzug beschützte. Killa war eine der gefragtesten Beschützerinnen gewesen, die sehr gern Menschen zugeordnet wurde, die auch von der paranormalen Gesellschaft wussten.

Normalerweise waren die Nagual einer Familie über viele Generationen verbunden. Seit die klassischen Großfamilien allerdings immer weiter zerfielen, hatten auch die Schutzgeister sich neu aufgestellt. Es gab nun eine Art „Buchungssystem", aus dem Wissende wählen konnten. Dem Nagual wurden im Gegenzug Gaben zugedacht, die ihm oder ihr den Job versüßten. Immerhin blieben sie bei dem Kunden, solange dieser auf dieser Erde weilte. Okay, eine Ausnahme hatte es gegeben. Der aus Lima stammende Carlos Ismael Noriega war als Astronaut für die Vereinigten Staaten zweimal ins All geflogen. Allerdings war der zuständige Schutzgeist beim zweiten Flug auf der Erde verblieben und hatte seinen Dienst mit der Landung wieder aufgenommen. Einmal hatte dem armen Kerl vollkommen gereicht und auch die Androhung einer Vertragsstrafe hatte ihn nicht davon überzeugt, sich ein weiteres Mal der Schwerelosigkeit auszusetzen.

Killa waren solche Aufgaben zum Glück bislang erspart geblieben. Dummerweise hatte es sich bei ihrem letzten Schutzbefohlenen um einen Geschäftsmann aus Mexico gehandelt, der in das Visier einer mafiösen Organisation geraten war. Die mexikanische Mafia war offenbar sogar für eine erfahrene Nagual zu viel gewesen. Wie Richard aus der Übersetzung der Elfe erfuhr, hätte sie letztendlich wohl den Weltraumflug, inklusive Raumspaziergang, vorgezogen.

Nicht einmal ihr war es gelungen, den Mann aus der Schusslinie seiner Feinde zu bekommen. Der dumme Kerl hatte nicht ein einziges Mal auf sie gehört. Und sie war einfach nicht schnell genug gewesen, sich bei der letzten Auseinandersetzung dazwischenzuwerfen.

Er war vor ihren Augen von Kugeln aus einem Maschinengewehr durchsiebt worden.

Im Nachhinein hatte sich gezeigt, dass der Auftraggeber des Mordes eigentlich nicht an dem Geschäftsmann an sich, sondern nur an ihr interessiert gewesen war.

Weshalb Killa auch schnellstmöglich die Beinchen in die Hand genommen hatte und verduftet war. Das Lager der Kooperative der Kunsthandwerker war ihr als ein gutes Versteck erschienen, einmal wieder einige Stunden zu schlafen.

Sie hatte sich in den kuschelweichen Decken eingerollt und war erst wachgeworden, als der Karton mit ihr und der Decke bereits unterwegs zu Emma war.

Als Emma das Paket mit ihr öffnete, band Killa sich vor lauter Erleichterung beinahe im selben Augenblick an die taffe Schreiberin. Sie hätte alles getan, um nicht mehr zurückzumüssen. Und als Gebundener Schutzgeist konnte niemand sie beordern, einem anderen Herrn zu dienen. Jedenfalls nicht, solange Emma lebte.

Was nun zur Folge hatte, dass Heiner und Killa in den nächsten Tagen gemeinsam zu Emma Schnellfuß ziehen würden.

Weihnachtsjasmin

„Chef? Das Taschenbergpalais ist wieder dran. Wann können wir die Gestecke liefern?" Laura verdrehte die Augen. Jeder hier verstand nur zu gut, dass die gute Seele ein wenig Normalität verbreiten wollte. Und, dass die Mitarbeitenden vom Hotel einfach, wie immer, echt ungeduldig waren.

Richard ließ den Blick schweifen. Heiner winkte aufgeregt und deutete auf eines der Hochbeete, auf dem neu eingetroffene Apothekengläser zum Auspacken bereitstanden. Das war die Idee.

„Sag ihnen, wir liefern zwar keine Schneeglöckchen, aber blütenweiße Weihnachtssterne in Gestecken mit weißem, getopften Sternjasmin. Das wirkt edel und duftet auch noch traumhaft. Dazu kommen weiße, perlmuttschimmernde Kerzen in Apothekengläsern." Der Jasmin war Richard nämlich eben gerade ins Auge gefallen, da sich durch die ganze verballerte Magie der vergangenen Stunden eine recht vernachlässigte Palette mit Jasmintöpfchen dazu entschlossen hatte, doch noch aufzublühen.

„Und Laura? Bestell bitte mehr Jasmin. Ich glaube, den sollten wir dieses Jahr öfters verarbeiten. Natürlich nur für drinnen. Auf die Märkte kommen Christrosen. Und gut verpackte Weihnachtssterne."

Außerdem hatten sie, durch die Wachstumsschübe der Samengeschosse, jede Menge frisches Grün zur Verfügung. Richard wies einige Moosleute an, so viele der Pflanzen wie möglich in die Gewächshäuser zu schaffen und am Grünen zu erhalten.

Frisches Eichenlaub auf Holzscheiben kombiniert mit Tannenzweigen würde bestimmt ein Weihnachtsknaller auf den rustikal geschmückten Tischen der Dresdner werden.

Die doppelflügelige Glastür des Treibhauses fiel beinahe aus den Angeln, als mehrere Männer und Frauen förmlich hereingeworfen wurden. Allesamt wiesen sie die typischen Gesichtszüge mongolischer Zwergtrolle auf. Ketten klirrten an ihren Hand- und Fußgelenken. Hinter ihnen erschienen mehrere Beamte in völlig verdreckten Uniformen. Sowie drei Moosleute und zwei Schrate. Die Moosleutchen wurden augenblicklich von ihresgleichen vereinnahmt, während die Schrate Richard und Viktor müde zunickten.

„Erzählt ihnen, was die neuesten Entwicklungen sind. Los!" Eine der Beamtinnen, die Richard nur als Brienne kannte, stieß einen der Mongolen mit dem Stiefel unsanft in die Seite. Der Mann schwieg allerdings beharrlich.

„Na gut, wenn du nicht willst, dann rede eben ich. Wir haben Pläne gefunden, dass neue Lager aufgebaut werden sollen. Dieses Mal für die Massenproduktion unter der Führung dieser Mistkerle hier. Oder besser gesagt, deren Anführern. Sie haben Viehtransporter gekauft, um die Käfige von Ort zu Ort zu fahren, damit sie nicht aufgespürt werden können. So soll der Verlust an Tränen durch die nächtliche Heilung der Natur verzichtet werden können. Wo der Wald gestorben ist, wird einfach weitergefahren. Superidee, oder?" Richard spürte zwei feste Hände auf seinen Schultern. Zum Glück. Eine davon erdete ihn mit basalthartem Griff. Die andere gehörte Viktor Rübezahl.

„Die wahre Größe ist die Vernunft. Halte dich zurück und zeige ihnen nicht, wer du bist. Wir Schrate wirken im Verborgenen. Wir sind Hüter und Bewahrer, keine Rächer. Überlass das anderen." Sie hatten ja recht. Aber Richard musste hier raus. Schnell.

Striezelmarktmann

Seit Jahren hatte Richard es nicht mehr so genossen, einen Stand auf dem Striezelmarkt zu betreuen. Nach den Aufregungen der beginnenden Adventszeit hatte er etwas Abstand gebraucht. Außerdem musste er erstmal mit seinem neu entdeckten Selbst klarkommen.

Am besten wäre es zwar gewesen, für einige Tage oder Wochen im Wald zu verschwinden, aber das konnte er seinen Mitarbeitenden in der Vorweihnachtszeit nicht antun. Daher hatte er sich freiwillig für Schichten auf dem Markt einteilen lassen.

Außerdem hatte er gehofft, so den extravaganten Ideen der Hoteliers der Elbestadt zu entkommen. Allerdings hatte Laura sich vor drei Tagen zu seinem Leidwesen verplappert. Seitdem war Schluss mit lustig.

Richard seufzte innerlich, als eine hochgewachsene, überschlanke Frau mit mörderischen Highheels auf ihn zu gestöckelt kam. Er klebte sich ein Lächeln aufs Gesicht und wandte sich der Blondine zu.

„Einen wunderschönen guten Tag, liebe Frau Crämer. Wie kann ich Ihnen denn heute behilflich sein?" Die Empfangsdame eines kleinen, aber edlen Boutiquehotels gleich an der Frauenkirche lächelte ihn strahlend an.

„Wie schön, dass Sie derzeit so nah bei uns zu finden sind. Wir brauchen ein frisches Gesteck für den Tresen. Die Weihnachtssterne im Frühstücksraum sind nach wie vor herrlich, die halten hoffentlich noch bis Weihnachten. Wie Sie das nur immer machen? Einfach traumhaft.“ Sie klimperte mit den aufgeklebten Wimpern. Er beschloss, mitzuspielen.

„Ach, meine Liebe, ich danke Ihnen. Was darf es denn für den Tresen sein? Schauen Sie, ich habe hier ein wunderbares Gesteck aus frischem Tannengrün mit Eichenzweigen und silbernen, mundgeblasenen Eicheln. Das wäre doch ein passendes Arrangement für Ihren Salon.“ Der mit grün und silbern gemusterter Tapete gestaltet war, wie Richard wusste. Sie winkte mit einer affektiert wirkenden Geste ab.

„Ach, ich weiß nicht. Meinen Sie nicht, dass etwas mehr Farbe besser aussehen würde? Vielleicht möchten Sie sich nochmal bei uns umsehen?“ Um nichts in der Welt würde er das wollen.

„Ich stecke Ihnen auch gern noch einige von den nostalgischen Äpfeln rein.“ Richard hielt ein Körbchen hoch. Frau Crämer legte den Zeigefinger betont nachdenklich auf die tiefrot gefärbten Lippen.

„Künstliche Äpfel? Ach nicht doch. Wir sind ein Haus mit Niveau.“ Richard verkniff es sich, die Augen zu verdrehen.

„Diese Äpfel sind mit alten Formen und Techniken von Hand aus Pappmache hergestellt. Wir beziehen diese aus einer kleinen Manufaktur im Erzgebirge, die solche Dinge seit fast zweihundert Jahren fertigt."

„Ach Herr Rübe-Zahl, das ist dann natürlich etwas ganz anderes. Stecken Sie bitte gleich fünf der zauberhaften Äpfelchen zwischen die Zweige. Ich nehme das Gesteck. Können Sie es bitte liefern?"

„Das tut mir leid, ich bin heute hier allein."

„Gut. Dann nehme ich es gleich selber mit. Aber Sie müssen kommen, sich anschauen, wie es auf dem Tresen ausschaut. Versprechen Sie mir das?" Richard nahm die Kreditkarte von der Crämer entgegen und überlegte kurz, welche Ausrede er nutzen könne, um dem Besuch zu entgehen.

„Hallo Liebster. Hast du kurz Zeit?" Den Göttern sei Dank. Hajo erschien hinter der Rezeptionistin. Er hielt zwei Punschbecher in die Höhe.

„Liebster? Sie sind liiert? Mit einem Mann?" Hajo hob provozierend eine Augenbraue.

„Wenn ich das geahnt hätte."

„Vielen Dank, Frau Crämer und beehren Sie uns bald wieder." Während diese auf ihren hohen Hacken über das Pflaster stöckelte, murmelte sie leise Verwünschungen vor sich hin.

„Na? Habe ich dir die Tour vermasselt?" Richard kicherte leise an Hajos Lippen.

„Aber immer doch. Ich wäre ihr beinahe verfallen." Nicht.

„Was machst du denn schon hier? Ist alles in Ordnung?" Hajo zuckte mit den Schultern.

„Bei dem Wetter werden wir früher beweglich. Und da dachte ich, wenn du dich schon in der Nachbarschaft herumtreibst, können wir vor meinem Dienst auch noch einen Punsch zusammen trinken. Außerdem muss ich dich ja offenbar vor aggressiven Liebesdiebinnen beschützen. Oh. Hallo Paulalein." Richard nahm einen Schluck des süßen, würzigen Gebräus. Der Punsch schmeckte nach einem schweren Rotwein, reifen Äpfeln, Zimt und Nelken. Durch den aufsteigenden Dampf beobachtete er, wie Hajo der kleinen Eule durchs Gefieder strich. Paula besuchte ihn schon seit einigen Tagen am Stand. Das Nest ihrer Familie war oben im Turm der Kreuzkirche und das Jungtier liebte es, auf dem Dach des Standes rum zu hopsen und mit ihm zu plaudern. Das Hajo die putzige Eule auch kannte, war nicht ungewöhnlich. Die Gargoyles waren mit den meisten Wesen der Dächer über der Stadt wohl bekannt. Richard sah zu Paula auf.

„Hast du ein Schild gefunden?" Diese hüpfte ganz aufgeregt auf und ab.

„Ja. Der Papa hat mir eins gezeigt. Wir mussten ganz weit fliegen. So richtig über den Wald. Dann war es da. Ich bin ja sooo wichtig. Eine Naturschutzeule."

Vor dem Stand lachten ein paar Kinder, als Richard auf eulisch antwortete.

„Schuhuhu schuhuhuhu." Was besagte, dass jedes Wesen wichtig war. Aber Eulen waren das Symbol für Naturschutzgebiete. Wie jetzt auch Paula wusste. Die Kinder versuchten, auch mit Paula zu reden und uhuten, schuhuten und riefen nach ihr.

„Was wollen die?" Paula schuhute ganz leise, von den Kids offenbar leicht eingeschüchtert.

„Sie wollen auch mit dir plaudern, sprechen aber deine Sprache nicht." Paula klapperte mit dem Schnabel.

„Hallo Kinder. Ich bin eine Naturschutzeule." Schuhute sie und hob ab. So richtig traute sie dem Frieden wohl doch nicht.

„Na? Wen haben wir denn da? Baum und Fels beisammen? Und keine Streitmacht im Rücken?" Verflucht nochmal. Wo kam der denn jetzt her? Hajo schob Richard hinter seinen Rücken. Vor ihnen stand ein gut gekleideter Asiate, der erst auf den dritten Blick als recht große gewachsener Zwergtroll zu erkennen war. Und er war nicht allein. Fünf Kinder, die in der Nähe standen, waren gar keine. Paula hatte recht damit gehabt, die Flatter zu machen.

„Wenn ihr nicht wollte, dass alle Welt sieht was wir sind und ihr seid, dann schließt ihr jetzt hier schön ab und kommt mir uns. Dann lassen wir die Gärtnerei vielleicht sogar in Ruhe." Richard löste sich von Hajo und begann ganz langsam, die Kasse zur Seite zu schieben und Blumen unter die Tische zu stellen. Währenddessen spielte Hajo wortlos an seiner Armbanduhr herum. Mit jeder Sekunde, die Richard aufräumte, frischte der Wind auf, der sowieso schon ziemlich steif durch die Straßen Dresdens geisterte.

Die Striezelmarktbesucher drängten sich immer dichter an die Glühweinstände oder in die wenigen Hütten, die zum Betreten und Verweilen einluden. Die Trolle umringten den Stand der Gärtnerei Rübe-Zahl inzwischen ziemlich dicht, was aufgrund des aufziehenden Wetters auch nicht ungewöhnlich erschien. Richards Gedanken rasten. Irgendwie musste er Laura informieren, damit diese dafür sorgte, dass alle in Sicherheit gebracht wurden. Sie hatten alle gehofft, dass vorerst vorbei wäre.

„Sie kommen jetzt alle schön artig mir uns." Die tiefen Stimmen kannte er doch?" Wow. Irgendjemand hatte es glatt geschafft, Holle zu informieren, denn deren Jäger waren es, die in den Uniformen der Sicherheitsleute des Marktes die Trolle umringten. Jeder Jäger schnappte sich zwei Trolle und sie wollten gerade mit ihnen abziehen, als es laut klatschte.

„Wagen sie es, unseren Herrn Rübe-Zahl ausrauben zu wollen!" Klatsch.

„Dann bekommen Sie es mit uns zu tun!" Klatsch. Klatsch.

Drei ältere Damen mit großen Kühlboxen in den Händen droschen die stabilen Kunststoffbehälter auf die Trolle. Hajo prustete laut auf und Richard konnte das Lachen auch nicht mehr zurückhalten. Während die vermeintlichen Securitymitarbeiter die Asiaten abführten, führte Hajo die Frauen zum Stand.

„Ich danke Ihnen von Herzen, Ladies." Richard griff in die Auslage und wickelte drei tiefrot gefärbte Weihnachtssterne ein.

„Bitte nehmen Sie die als Geste meinerseits. Sie sind sehr mutig. Respekt" Das weißhaarige Trio, von denen eine jede einen knallroten Hut trug, hielt ihm die Isolierboxen hin.

„Damit die Sterne auch ihre Blätter nicht verlieren. Und liebe Grüße von unserer lieben Paula auch an die feschen Jäger."

Glockenklang

Der Wind pfiff zwischen den Bäumen entlang und trieb dicke Schneeflocken vor sich her. Richard zog ein silbergraues samtenes Band durch die Ösen des hellen, frisch gebügelten, Leinenhemdes und band es zur Schleife. Seine Hosen waren aus tiefbraunem Leder geschneidert worden und er trug glänzend polierte Stiefel. Das aschblonde Haar hatte ihm Emma vorhin noch zum Zopf gebunden und er hatte seinen Bart sorgfältig geflochten und den Schnurrbart mit Bartwichse bearbeitet, bis er im Kerzenlicht glänzte.

„Bist du soweit?" Im Spiegel erkannte er Hajo. Dieser trug einen granitgrauen Gehrock zu schmalen Hosen und sah damit zum Anbeißen aus. Sein glatt rasiertes Gesicht strahlte vor Aufregung. Mit überdeutlichen Gesten blickte er auf seine silberne Taschenuhr.

„Wir kommen zu spät, Liebster." Richard drehte sich herum, löschte die Kerzen und trat zu ihm.

„Ohne uns können sie gar nicht anfangen, daher können wir nicht zu spät sein. Aber du hast recht. Es wäre Killa und Heiner gegenüber nicht fair."

Das große Treibhaus war bis auf mehrere, überreich geschmückte, Weihnachtbäume ausgeräumt worden. An den Fenstern standen festlich geschmückte Tische aufgereiht. Gestecke mit Weihnachtssternen, sattgrünen

Moosen und Ranken von blühendem Jasmin thronten auf Holzscheiben aus dem duftenden Holz der großen Tanne, die der erste Sturm der Saison gefällt hatte.

Die Bänke an den Tischreihen waren mit unzähligen bunt besticken Kissen und Decken ausgelegt. Über allem schwebten Äste, die der stürmischen Zeit nicht widerstanden hatten und die nun, mit vielerlei Glitzerkram geschmückt, diesen Abend zu einem unvergesslichen machen würden.

Die Weihnachtskrippe hatte hier und heute einen Ehrenplatz erhalten, genauso wie der große, aus Holz gefertigte Bogen, der unter den Mitarbeitern der Gärtnerei einfach nur der „Hochzeitsbogen" genannt wurde. Im Unterschied zu den Anlässen, zu denen er sonst geschmückt wurde, waren heute lauter Töpfchen mit kleinen Weihnachtssternen daran befestigt worden. Zusammen mit Tannengrün, Jasmin und Weihnachtskugeln glänzte er besonders festlich. Tausende winzige Lichtlein überzogen die Decke und überall brannten Kerzen in den unterschiedlichsten Ausführungen. Es war perfekt.

Dieser Weihnachtsabend würde der Höhepunkt des Jahres werden. Richard sah sich um. Alles war genauso, wie er es sich vorgestellt hatte. Bis hin zu Hajo, der allerdings ziemlich nervös zu sein schien.

Erst vor drei Tagen war der Gargoyle im Forsthaus eingezogen, nachdem sein Versetzungsantrag zum

Schutz des Hauses und der Gärtnerei genehmigt worden war. Außerdem hatte er auf dem Formular ein wenig geschummelt und den heutigen Abend vorweggenommen. Aber da die verantwortliche Beamtin unter den Gästen weilte, war alles problemlos verlaufen.

Eine für Weihnachten doch etwas ungewöhnliche Band begann zu spielen. Es war gar nicht so einfach gewesen, eine echte Mariachi-Band für den Heiligen Abend aufzutreiben.

Endlich betrat ein weiterer Hauptprotagonist das Gewächshaus.

Heiner Goldmoos trug einen Anzug, der in vielen Gold- und Grüntönen sommerlicher Mooskissen schimmerte. Dazu hatte er eine knallrote Krawatte kombiniert. Seinen Bart trug er genauso gezwirbelt, wie auch die Musiker die ihren frisiert hatten. Mit stolz geschwellter Brust trat er unter den Bogen, neben dem niemand geringeres als Viktor Rübezahl und Frau Holle warteten. Nichts konnte einen Zwergschrat stolzer machen, als ausgerechnet von der Anführerin der Wilden Jagd und dem obersten der Schrate Europas getraut zu werden.

Denn um nichts Geringeres handelte es sich. Eine waschechte Hochzeit unter Weihnachtssternen, jenen Pflanzen, denen die Braut traditionell in ihrer ursprünglichen Heimat verbunden war.

Und, die noch dazu mit verständiger Hand die Zucht und Pflege der Rübe-Zahlschen Poinsettien übernommen hatte.

Die Band begann zu spielen, als sich die Doppeltür wieder öffnete. Herein trat Emma Schnellfuß, die winzige Moosblüten verstreute. Emma trug ein buntes, reich besticktes Kleid, dem seine Mittelamerikanische Herkunft anzusehen war. Dann erschien die Braut. Killa hatte sich für ein knallrotes, bodenlanges Kleid und einen blütenweißen Schleier entschieden. Eine Krone aus Rosen und Poinsettien in schneeweiß bekränzte ihr stolz erhobenes Haupt. Kaum drinnen, suchte sie auch bereits Heiners Blick. Der Moosmann strahlte beim Anblick seiner Braut. Seine Gefühle für die kleine Südamerikanerin schienen ihm aus allen Poren zu strömen und nach Killa zu greifen.

Die Liebe zwischen den Beiden trieb Richard die Tränen in die Augen. Er griff nach Hajos Hand, dessen Schultern ebenfalls verdächtig bebten. Als Trauzeugen standen sie ebenfalls am Bogen.

Als Holle und Viktor gemeinsam vor das Brautpaar traten und niederknieten, war es um die meisten der Anwesenden geschehen. Vor allem um den Bräutigam. Die Mächtigen begegneten ihm nun nicht nur geistig auf Augenhöhe.

Er, ein Zwergschrat aus einem baumreichen Garten der Dresdner Vorstadt, wurde höher geehrt, als es denen seiner Art jemals vergönnt gewesen war.

Sogar der Sänger der Band schluchzte leise, als Heiner und Killa ihre Liebe beschworen und sich, nachdem die Gelübde gesprochen waren, inniglich küssten.

Niemand würde jemals in der Lage sein, dieses Paar wieder voneinander zu trennen. Diese Ehe war dafür bestimmt, bis zum letzten Atemzug der Liebenden zu halten.

Der folgende Beifall war kaum verklungen, als Killa auf eine der Bänke kletterte und ein dort wartendes Glöckchen läutete.

„Liebe Gäste, verehrte Gesellschaft. Vielen Dank, dass ihr gekommen seid, um mit uns zu feiern. Heiner und ich fühlen uns geehrt." Nur Richard, Heiner und Hajo wussten, wie lange Killa an diesen Worten in der ihr noch fremden Sprache geübt hatte.

„Aber unsere Eheschließung soll noch nicht alles gewesen sein. Ich bitte darum, etwas umzudekorieren!"

Mit einem Knall fielen silberne Bänder von der Decke, die sich wie von Zauberhand als Baldachin drapierten. Die Band rutschte zur Seite, als ein Vorhang sich hob und einen bis dahin abgeteilten Erker des Treibhauses freigaben. Dort stand tatsächlich einen klassische Orgel. Richard spürte, wie es nun endgültig auch um Hajo geschehen war, als einige Sänger des Dresdner Kreuzchores Aufstellung nahmen.

Neben einem improvisierten Altar warteten die selige Michelinda und der Pfarrer der Kreuzkirche.

Sie war also wirklich gekommen. Da es Heiligabend war, musste das dem Kirchenmann haushoch angerechnet werden. Michelinda war eine der ältesten Freundinnen Hajos, die keinen Augenblick lang gezögert hatte, zuzusagen.

Eigentlich war sie die gute Seele aller Steingeborenen und Statuen Dresdens und des Umlands. Sie war weder Heiligenstatue noch Gargoyle, sie war einfach Michelinda. Eine, die sich kümmerte. Sie war die, die Hajo mehr als einmal vor dem Zerschlagen gerettet hatte und immer ein offenes Ohr hatte.

Der Organist nahm Platz und im nächsten Moment erhoben die Sänger die Stimme zum „Ave-Maria". Obwohl dieses Lied eigentlich eher den katholischen Ämtern vorbehalten war, wussten alle, wie sehr Hajo es liebte.

Holle trat erhobenen Hauptes hinüber zum Altar und verneigte sich vor Michelinda. Die beiden verband eine lange Freundschaft. Auch der Geistliche war mit der Jägerin sehr wohl bekannt.

Was eine andere Geschichte ist.

Während die letzten Töne des Liedes verklangen, führte Richard nun endlich seinen Hajo zum Altar.

„Hajo Hufzeh, Gargoyle vom Forsthaus. Ich frage dich hier und heute, ob du bereit bist, den neben dir stehenden Richard Rübe-Zahl, Waldschrat und Mächtigen der Natur, zu deinem angetrauten Ehemann zu nehmen."

Hajo richtete sich auf. Er fing die Blicke des Pastors und Michelindas auf und nickte. Wenn der Kloß in seiner Kehle nur halb so groß wie Richards war, dann war er gar nicht in der Lage, laut zu antworten.

Danach war es an ihm zu bekunden. Richard bekam zumindest ein leises „ja" heraus.

Michelinda trat vor und reichte ihnen ein Kissen an. Darauf lagen zwei weißgoldene Ringe. Während einer einen Stein aus Basalt trug, war in den anderen ein versteinertes Stück Holz eingelassen.

Bevor sie danach greifen konnten, trat Holle neben den Pastor und hielt die Hände segnend über die Ringe.

„Der Stein, der aus dem Fundament der Erde stammt trägt die Last der Welt. Das Leben, das den Wäldern entspringt, hütet den Schatz von Geburt, Dasein und Vergehen. Wenn beide aufeinandertreffen, so gebiert dieses einen Bund, der für die Ewigkeit geschaffen ist. Stürme werden euch nicht brechen können, Sommer und Winter zeigen euch den Kreis des Lebens. Lebt, existiert und liebt. Die Götter, alt und jung, seien mit euch!"

Während Holle die Hände zum Himmel hob um alle Götter anzurufen, sprach der Pastor ein christliches Gebet.

So sollte es sein.

Hajo, der der christlichen Bildersprache und Architektur entstammte, war gerade der Kreuzkirche, für die er ursprünglich einmal geschaffen worden war, eng verbunden.

Und mit den alten Göttern, zu denen auch Holle gehörte, lebte beinahe jedes magische Wesen.

Als Richard endlich den Ring mit dem Holzstein über Hajos Finger schob, war das Leben endlich perfekt. Die Welt war perfekt.

Noch auf ein kurzes Wort

Vielen Dank, dass ihr Richard bis hierhin begleitet habt. Ich hoffe, dass euch die Geschichte um die Gärtnerei gut unterhalten hat. Allerdings darf ich euch, liebe Leser hier und jetzt ein Buch ans Herz legen, indem das Drama um die Entführungen der Moosleute bis ins kleinste Detail erzählt wird.

„Alles Schicksal-oder was?"

ist derzeit nur bei Amazon erhältlich, die anderen Händler folgen aber noch vor Weihnachten. Auf der allerletzten Seite dieses Buches findet ihr den Klappentext zum Buch der Schicksalsschwestern.

Michelinda und die Gargoyles könnt ihr übrigens in den anderen beiden Bänden der Weihnachtsreihe, die aus meiner Feder sind, finden.

Ein weiteres Werk, auf das hier explizit hingewiesen werden muss, ist der dritte Band der „Zauberhaften Dresdner Weihnacht" von Ines Wiesner. Diesem habe ich die kleine Paula entliehen. Vielen Dank dafür, liebe Ines!

Im Anschluss findet ihr eine Auflistung aller Bände dieser Reihe.

Viel Spaß beim Stöbern und ein besinnliches Weihnachtsfest wünscht euch

Eure Margarethe Alb!

Buchübersicht der „Zauberhaften Dresdner Weihnacht"

2022:

Band 1: Wie der Kaiser im Porzellanladen – Margarethe Alb

Nach dem Einbruch der Dunkelheit geht im Dresdner Zwinger die Post ab. Als in der Nacht des 20. Dezember der erste Wintersturm um die Ecken pfeift, zerbricht nicht nur ein Fenster. Ein Verbrechen, von langer Hand geplant, kommt zur Ausführung. Die Porzellanballerina Lysande von Meißen wird gestohlen. Oder sollte man sagen, entführt?

Band 2: Tilly – Eine Fee zu Weihnachten – Denise Bormann

Eine Geschichte über eine enge Freundschaft zwischen einer jungen Frau und einer Fee, über

Selbstvertrauen und Selbstliebe und das wundervolle Gefühl, geliebt zu werden.

2023:

Band 3:
Paula – Eine kleine Eule mit großem Herz –
Ines Wiesner
Eine weihnachtliche Geschichte über eine kleine Eule, die mit ihren Eltern und Geschwistern in Dresden wohnt und zum ersten Mal eine zauberhafte Weihnachtszeit mit dem einen oder anderen Abenteuer erlebt.

Band 4:
Alle Jahre wieder … mörderisch beschauliche Weihnachten –
Denise Bormann
Liebe, Besinnlichkeit und das Innehalten beim Schwelgen in Erinnerungen. Die innige Verbundenheit mit Familie und Freunden. Oder trügt der Schein und aus Harmonie im Glanz der Lichterkette am Tannenbaum wird plötzlich pure Mordlust?

Band 5:
Erdbeeren im Advent –
Nora Gold

Erdbeeren im Advent - erzählt die Geschichte der Dresdner Chirurgin Julitta, die sich im Urlaub in einen Mann verliebt. Sie ahnt nicht, dass beide ein Geheimnis aus der Vergangenheit verbindet, dass schon bald zur Gefahr für Julitta wird.

Band 6:
Michelindas Stern –
Margarethe Alb

Als Michelinda im italienischen Pezaro aus einem hervorragenden Stück Granit herausgearbeitet wurde, war die Welt für sie noch perfekt. Aber was hat es mit dem vielfarbigen Stern auf sich, der ihr plötzlich erscheint? Michelinda geht unter seinem Licht auf eine Reise durch die Welt und zu sich selbst.

2024:

Band 7:
Schutzengel mit Biss –
Vanessa Carduie

Die Studentin Sina wird eines Nachts von einem mysteriösen Mann aus einer brenzligen Situation gerettet, doch diese gute Tat sorgt für größere Probleme als beide ahnen. Wird diese Begegnung nahe des

Dresdner Striezelmarkts zum Verhängnis oder gibt es doch Hoffnung auf ein Happy End?

Band 8:
Der Weihnachtsmann und die verschenkten Sommersprossen –
Susanne Melde
Miella begibt sich auf die Suche nach dem Weihnachtsmann, um ihre Sommersprossen zurückzuholen, und lernt dabei den Zauber der Freundschaft kennen.

Band 9:
Stollenmädchen wider Willen –
Maria C. Brosseit
Studentin Elisa muss plötzlich für ihre Schwester als Stollenmädchen einspringen - ein Job, der mit einem ständigen Begleiter namens Felix einhergeht. Als die Stadt dann noch versucht, ein modernes Image für den Striezelmarkt zu kreieren, ist das Chaos auf dem Weihnachtsmarkt perfekt und Elisa und Felix müssen für ihr geliebtes weihnachtliches Dresden in die Bresche springen.

Band 10:

**Ein feierliches Versprechen –
Lily Konrad**

Die Geschichte handelt von einem ungleichen Paar auf dem Dresdner Weihnachtsmarkt, Liebe und Eifersucht, Hoffnung und Verzweiflung sowie magischen Momenten, die entstehen, wenn zwei Welten sich berühren.

**Band 11:
Warum Weihnachtssterne ihre Blätter verlieren –
 Margarethe Alb**

In der Gärtnerei Zahl nahe Dresden herrscht geschäftiges Treiben. Die Adventszeit stellt alljährlich einen der Höhepunkte im Jahr dar. Bis der erste Wintersturm des Jahres hereinbricht. Und nicht nur der. Aber in der Weihnachtszeit ist erst alles gut, wenn alles gut ist? Oder? Ein turbulentes Weihnachtsmärchen um Liebe, Leidenschaft und die dringend nötige Achtung vor dem, was uns auf dieser Welt gegeben wurde.

Alles Schicksal- oder was?

Die drei Schicksalsgöttinnen Klotho, Lachesis und Atropos haben es sich in der gegenwärtigen Welt bequem eingerichtet.

Ihre Expertise ist längst nicht mehr so gefragt wie zu früheren Zeiten, denn die Menschheit kann sehr gut selber ihr Glück und Wohlergehen zugrunde richten.

Um sich nicht nutzlos zu fühlen, betreut Klotho Hilfesuchende als Psychologin, Atropos verdient sich ihre Brötchen als Anwältin und Lachesis hat ihr Dasein in den Dienst der Erforschung des menschlichen Genoms gestellt.

Alles könnte so entspannt sein, bis im Kühlraum des Bestattungsinstituts von Lachesis' Lebenspartner Alexander eine übel zugerichtete Leiche auftaucht.

Während die Spur immer deutlicher zu Nyx, der Mutter des Trios, führt, decken die Schwestern ein großangelegtes Komplott auf.

Trefft mit den Moiren auf neue Wesen und alte Bekannte aus der nordischen und mitteleuropäischen Mythologie, einen vorlauten Knaben und niederträchtige Gesellen.

Und vor allem auf Göttinnen, deren Fähigkeiten plötzlich nicht mehr das sind, was sie seit jeher waren.

Ich wünsche Euch eine spannende und amüsante Zeit mit den Schicksalsschwestern.